W9-CHV-111

Lindsay Armstrong
El retorno de su pasado

Editado por HARLEQUIN IBÉRICA, S.A.
Núñez de Balboa, 56
28001 Madrid

© 2013 Lindsay Armstrong
© 2014 Harlequin Ibérica, S.A.
El retorno de su pasado, n.º 2297 - 26.3.14
Título original: The Return of Her Past
Publicada originalmente por Mills & Boon®, Ltd., Londres.

I.S.B.N.: 978-84-687-3954-0
Depósito legal: M-36169-2013
Editor responsable: Luis Pugni
Fotomecánica: M.T. Color & Diseño, S.L. Las Rozas (Madrid)
Impresión en Black print CPI (Barcelona)
Fecha impresion para Argentina: 22.9.14
Distribuidor exclusivo para España: LOGISTA
Distribuidor para México: CODIPLYRSA
Distribuidores para Argentina: interior, BERTRAN, S.A.C. Vélez
Sársfield, 1950. Cap. Fed./ Buenos Aires y Gran Buenos Aires,
VACCARO SÁNCHEZ y Cía, S.A.

Prólogo

MIA Gardiner estaba sola en casa preparando la cena para su madre cuando la tormenta cayó sin previo aviso.

Un instante antes estaba preparando la masa, y un segundo después corría por la vieja casona, conocida como West Windward y hogar de la acomodada familia O'Connor, cerrando ventanas y puertas mientras las gotas de lluvia azotaban el tejado como si fueran balas.

Cuando se acercó a la puerta de entrada para cerrarla vio una figura oscura y mojada que avanzaba hacia ella en la oscuridad.

El corazón se le subió a la boca un instante por el miedo, pero luego reconoció quién era.

–¡Carlos, eres tú! ¿Qué estás haciendo? ¿Te encuentras bien? –se lo quedó mirando y se fijó en que tenía sangre en la sien por un corte que presentaba mal aspecto–. ¿Qué ha pasado? –contuvo el aliento y le sostuvo cuando él se tambaleó.

–Cayó una rama cuando estaba cruzando del garaje a la casa y me dio en la cabeza –murmuró él–. Menuda tormenta.

–Ven conmigo –Mia le puso la mano en el brazo–. Te curaré la herida de la cabeza.

–¡Lo que necesito es una copa! –replicó Carlos, pero se tambaleó al decirlo.

–Ven –Mia le guió por la casa hacia el salón del servicio. Daba a una cocina pequeña pero confortable.

Quitó la labor de su madre del sofá y Carlos O'Connor se dejó caer agradecido en él. Se tumbó y cerró los ojos.

Mia se puso manos a la obra. Media hora más tarde le había limpiado y vendado el corte de la cabeza mientras fuera llovía y granizaba.

Entonces las luces se apagaron y ella chasqueó la lengua, sobre todo porque tendría que haberlo previsto. Cuando había tormenta solían quedarse sin luz en aquella zona. Afortunadamente, su madre tenía a mano lámparas de queroseno, así que anduvo a tientas en la oscuridad hasta que dio con ellas. Encendió un par de ellas y llevó una al salón.

Carlos estaba tumbado inmóvil con los ojos cerrados y tenía el rostro muy pálido.

Se lo quedó mirando y sintió una oleada de ternura, porque la verdad era que Carlos O'Connor era guapísimo. Medía un metro ochenta y dos, tenía el cabello oscuro, herencia de su linaje español, y unos ojos grises y traviesos.

Mia estaba enamorada de Carlos desde los quince años. ¿Cómo no iba a estarlo?, se preguntaba en ocasiones. ¿Cómo podría alguien ser inmune a aquella aura tan devastadoramente sexy? Aunque ella tuviera dieciocho años y Carlos diez más, seguramente podría ponerse al día.

Lo cierto era que no le había visto mucho en los últimos cinco años. No vivía en aquella casa, aunque

Mia creía que había crecido allí. Vivía en Sídney e iba de vez en cuando. Normalmente solo pasaba allí un par de días, y no solo montaba a caballo, sino también en quad. Mia tenía permiso para alojar su caballo en la propiedad, y además les echaba un ojo a los caballos de Carlos, así que tenían muchas cosas en común.

Había salido a montar con él y lo había disfrutado mucho. Si Carlos se dio cuenta de que a veces a ella se le aceleraba el pulso, no lo había demostrado.

Al principio sus ensoñaciones eran simples e infantiles, pero durante los dos últimos años había pasado de decirse que tenía que olvidarse de él, que era multimillonario y ella la hija de la doncella, a fantasías más sofisticadas.

Pero Carlos estaba fuera de su alcance. ¿Qué podía ofrecerle al lado de las hermosas mujeres que a veces le acompañaban cuando iba de visita?

—¿Mia?

Ella salió de su ensoñación con un respingo y vio que tenía los ojos abiertos.

—¿Cómo te sientes? —se agachó a su lado y bajó la lámpara—. ¿Te duele la cabeza? ¿Ves doble? ¿Tienes algún síntoma extraño?

—Sí —Carlos guardó silencio.

Mia esperó y luego le preguntó:

—¿De qué se trata? Dímelo. No creo que pueda traer a un médico con esta tormenta, pero...

—No necesito un médico —murmuró Carlos extendiendo la mano hacia ella—. Has crecido, Mia, has crecido y estás preciosa...

Ella contuvo el aliento cuando sus brazos la rodearon, y sin saber cómo, terminó tumbada a su lado en el sofá.

—¡Carlos! —trató de incorporarse—. ¿Qué estás haciendo?

—Relájate —murmuró él.

—Pero... bueno, aparte de todo lo demás, podrías tener una fractura de cráneo.

—En ese caso me recomendarían calor y comodidad, ¿no te parece? —sugirió él.

—Yo... tal vez, pero... —Mia no sabía qué decir.

—Eso es precisamente lo que tú podrías ofrecerme, señorita Gardiner. Así que ¿por qué no dejas de retorcerte como una sardina recién pescada?

—¿Una sardina? —repitió ella ofendida—. ¿Cómo te atreves, Carlos?

—Lo siento. No es una analogía muy cortés. ¿Qué te parece como una sirena atrapada? Sí, eso es mejor, ¿no crees? —le deslizó la mano por el cuerpo y luego la estrechó contra sí—. Una sardina, ¡debo de estar loco! —murmuró.

Mia abrió la boca para decirle que estaba loco, pero de pronto se echó a reír. Entonces se rieron los dos y fue el momento más maravilloso de su vida.

Tanto que se quedó inmóvil entre sus brazos, y cuando Carlos empezó a besarla no se resistió. No fue capaz de contener la sensación de felicidad que se apoderó de ella mientras la besaba y la sostenía entre sus brazos, mientras le decía que tenía la boca más deliciosa del mundo, la piel de seda y el cabello como la medianoche.

Mia fue consciente de su cuerpo como nunca antes mientras unas deliciosas oleadas de deseo la recorrían.

De hecho, empezó a besarle a su vez, y cuando acabó se quedó apoyada contra su cuerpo, rodeándole con los brazos, profundamente afectada por lo sucedido, consciente de que no era imposible que Carlos se sintiera atraído por una joven de dieciocho años. ¿Por qué si no iba a estar haciendo algo así? ¿Por qué si no le habría dicho que había crecido y que estaba muy guapa?

No se debería a la conmoción, ¿verdad?

Dos días más tarde, Mia salió de la hacienda O'Connor rumbo a Queensland, donde le habían ofrecido una plaza en la universidad.

Se despidió de sus padres, que estaban muy orgullosos aunque un poco tristes, pero Mia se iba contenta porque sabía que amaban su trabajo. Su padre sentía un gran respeto por Frank O'Connor, que había convertido su empresa de construcción en un negocio multimillonario, aunque había sufrido recientemente un ataque que le dejó confinado a una silla de ruedas, por lo que puso a su hijo, Carlos, al mando.

La madre de Carlos, Arancha, era una dama española que fue una belleza en su día y que ahora seguía siendo la personificación del estilo. Ella era quien le había puesto a su hijo un nombre español y de todos los O'Connor, ella era la que más amaba la propiedad de West Windward.

Pero era la madre de Mia la que se ocupaba de la casa, con todos sus objetos de arte, valiosísimas alfombras y exquisitas sedas. Y era su padre quien se encargaba de los inmensos jardines.

En cierto modo, Mia compartía el talento de sus padres. Le encantaba la jardinería, y según su padre, tenía facilidad para ella. También había heredado de su madre el buen gusto por los detalles decorativos y la buena comida.

Era consciente de lo mucho que les debía a sus padres. Habían ahorrado hasta el último céntimo para poder darle la mejor educación en un internado privado. Por eso les ayudaba todo lo que podía cuando estaba en casa con ellos, y sabía que al ir a la universidad, estaba cumpliendo el sueño de sus padres.

Pero mientras se alejaba de allí dos días después de la tormenta, tenía la cabeza hecha un lío. No quiso mirar atrás.

Capítulo 1

CARLOS O'Connor asistirá –anunció Gail, la asistente de Mia, en tono susurrado y maravillado.

Las ocupadas manos de Mia se detuvieron un instante. Estaba trabajando en un arreglo floral. Luego puso un ramo de rosas de tallo largo en un jarrón.

–Es el hermano de la novia –comentó con naturalidad.

Gail miró la lista de invitados y luego clavó los ojos en su jefa.

–¿Cómo lo sabes? No tienen el mismo apellido.

–Hermanastro –se corrigió Mia–. Misma madre, padres distintos. Ella es dos años mayor. Creo que tenía unos dos años cuando su padre murió y su madre volvió a casarse y tuvo a Carlos.

–¿Cómo sabes todo eso? –quiso saber Gail.

Mia dio un paso atrás y admiró su obra, aunque por dentro torció el gesto.

–Eh... yo diría que se saben muchas cosas de la vida de los O'Connor.

Gail apretó los labios, pero no le llevó la contraria. Se limitó a observar la lista de invitados.

–Solo dice: «Carlos O'Connor y acompañante».

No dice quién es su pareja. Creo que leí algo sobre Nina French y él –Gail se encogió de hombros–. Es guapísima. ¿No sería estupendo tener tanto dinero? Porque él tiene una fortuna, ¿verdad? Y también es guapísimo, ¿no te parece?

–Desde luego –respondió Mia frunciendo el ceño al mirar las hortensias que tenía a los pies–. ¿Dónde voy a ponerlas? Ya sé, en la sopera antigua... suena extraño pero quedarán bien. ¿Tú qué tal vas, Gail? –le preguntó con cierta sequedad.

Gail despertó de su ensoñación y suspiró.

–Estoy a punto de vestir las mesas, Mia –dijo alejándose y tirando del carrito de los cubiertos.

Mia torció el gesto y fue a buscar la sopera antigua.

Varias horas más tarde, el sol empezó a descender sobre Mount Wilson, pero Mia seguía trabajando. No arreglando flores, estaba en el pequeño despacho que constituía el cuartel general de la hacienda Bellbird.

Desde aquel despacho situado en la casa principal de la hacienda dirigía Bellbird, un negocio de organización de eventos que cada vez era más reconocido.

Organizaba bodas, fiestas de cumpleaños especiales, cualquier tipo de evento. El catering que proporcionaba era espectacular, la casa y los jardines de ensueño, pero tal vez la estrella del espectáculo era el propio Mount Wilson.

Situado al norte de Blue Mountains, al oeste de Sídney, se había fundado a mediados del siglo XIX como una colonia de casas con jardines de estilo inglés y magníficas chimeneas de piedra.

Aunque Mia se guardara aquel pensamiento para sí misma, para ella Mount Wilson era sinónimo de dinero. Al día siguiente, Juanita Lombard, la hermanastra de Carlos O'Connor, iba a casarse con Damien Miller en Mount Wilson. En Bellbird, para ser exactos. Damien Miller, cuya madre había reservado el espacio sin mencionar quién era la novia hasta que fue demasiado tarde para que Mia se negara a encargarse de la celebración sin arriesgarse a dañar la reputación de su negocio.

Mia se levantó, estiró la espalda y decidió que ya había sido suficiente por aquel día.

No vivía en la casa principal de la hacienda, vivía en la casita del jardinero, que era mucho más moderna y original. Se había construido como el estudio de un artista. Las paredes eran de ladrillo visto, las vigas de madera de la zona y los suelos de adoquín. Tenía un horno de combustión para cocinar y un altillo en el que estaba la cama.

El interior servía bien al hobby de Mia, la fotografía. Imágenes suyas de la vida salvaje y de paisajes agrestes colgaban de las paredes. También tenía enormes macetas de terracota con plantas.

Además, la cabaña estaba cerca de los establos, y allí fue donde se dirigió en primer lugar, para dar de comer a su caballo, John Silver, y para sacarle un rato a pasear.

Aunque era verano, el aire estaba todavía lo suficientemente frío como para enrojecer la nariz. Pero el atardecer resultaba mágico, era como una sinfonía de rosa y dorado. Mia se detuvo un instante abrazada al cuello de John Silver y se maravilló de las cosas de la vida. ¿Quién iba a imaginarse que su camino volvería a cruzarse con el de Carlos O'Connor?

Sacudió la cabeza y llevó a John Silver otra vez a la cuadra. Le sirvió un poco de pienso en un recipiente, le cambió el agua y luego, tras darle una palmadita cariñosa, lo cerró en el establo.

Fue entonces cuando le entró la tristeza. Había recogido algo de leña para el horno y estaba echando un último vistazo al atardecer cuando de pronto le asaltó lo que llevaba horas conteniendo: los recuerdos que se había negado a dejar salir a la superficie desde que supo quién estaría al día siguiente en la boda.

–Seguro que puedo hacerlo –susurró–. Ha pasado mucho tiempo desde entonces. Seguro que puedo.

Cerró los ojos, pero nada podía detener aquellos recuerdos mientras se permitía el lujo de dibujar a Carlos O'Connor con la mente. ¿Lujo? ¿O era un tormento?

En cualquier caso, ¿cómo iba a olvidar aquel cabello oscuro como la noche que a veces le caía en los ojos? ¿Aquella piel aceitunada, herencia de su madre española, y aquellos ojos grises que podían ser fríos como el Mar del Norte y tan penetrantes que te hacían perder completamente la cabeza?

¿Cómo iba a olvidar sus facciones, tan irresistibles e intrigantes y al mismo tiempo peligrosas como el fuego?

¿Cómo no recordar el modo en que a veces se reía con aquel perverso sentido del humor suyo?

¿O las ocasiones en las que nadie habría sospechado que era el líder de una empresa multimillonaria? Momentos en los que cambiaba el traje por vaqueros y camiseta y hacía lo que más le gustaba: navegar, montar, volar. Pero por encima de todo, ¿cómo iba a olvidar que había estado en brazos de Carlos O'Connor?

Se quedó completamente quieta un largo instante, luego sacó un pañuelo de papel del bolsillo y se sonó, decidida a recuperar el equilibrio antes del día siguiente.

Por suerte, cuando se despertó temprano al día siguiente vio que al menos el tiempo era bueno. El sol había empezado a abrirse paso a través de un cielo sin nubes.

Mia se levantó, se puso unos vaqueros y una camiseta vieja y se preparó una taza de té que sacó al jardín. Le encantaba el jardín, que tenía cinco acres, y aunque Bellbird tenía contratado un jardinero era ella la que supervisaba lo que se plantaba y lo que se retiraba, lo que a veces la llevaba a discutir con el jardinero, Bill James, un hombre de más de sesenta años que había vivido toda su vida en la montaña. Bill y su mujer, Lucy, vivían en otra cabaña que había en la propiedad.

Lucy James no estaba allí en aquellos momentos. Hacía un viaje anual a Cairns para pasar un mes con su hija y sus seis nietos. Para disgusto de Mia, Bill llevaba a Lucy en coche a Cairns, pero solo se quedaba un par de días con ellos.

Aquello dejaba a Mia en la posición de tener que aguantar a Bill, que no paraba de protestar por verse solo hasta que Lucy regresaba. Cuando su mujer estaba presente se mostraba gruñón, pero cuando se iba lo era diez veces más. Sin embargo, había sido un gran golpe de suerte haber podido empezar su negocio de eventos en Bellbird. Había conocido a las dueñas de Bellbird, dos damas ancianas y solteras que ahora tenían más de ochenta años, en Echo Point.

Había sido su primera visita a la principal atracción de Blue Mountains, desde la que se podía ver el valle de Jamison.

Desde la plataforma de observación observó el paisaje, y se quedó maravillada.

Las hermanas estaban sentadas en el banco a su lado y se pusieron a charlar con ella. Pronto supo de la existencia de la hacienda de Mount Wilson y que las hermanas vivían en aquel momento en una residencia para mayores en Katoomba, algo que no les gustaba. Y que estaban buscando darle una utilidad a la propiedad.

Mia les contó que ella había ido a Blue Mountains con la idea de abrir un negocio de organización de eventos, y a partir de ahí las cosas siguieron adelante. Por supuesto, las hermanas la investigaron, pero lo que había comenzado como una aventura empresarial se transformó en una amistad, y Mia las visitaba con frecuencia en la residencia que tanto criticaban y que en realidad era un lugar lujoso y bien atendido.

Lo que le preocupaba era que el alquiler de la propiedad se renovaba cada año, y pronto tocaba hacerlo. Las hermanas estarían encantadas de hacerlo, pero habían dejado caer que sufrían cierta presión por parte de su sobrino, su único heredero, que insistía en que debían vender Bellbird e invertir el dinero en algo que les proporcionara mayor rendimiento.

En la mañana de la boda Lombard-Miller, las cosas en Mount Wilson tenían un aspecto grandioso. Los jardines estaban espectaculares y la casa también, pensó Mia cuando entró a echar un vistazo.

La ceremonia iba a tener lugar en la elegante rotonda del jardín, mientras que la comida se serviría en el comedor principal en el que cabían fácilmente setenta y cinco invitados. Era una estancia espectacular con techos altos y grandes puertas acristaladas que daban a la terraza y al jardín de rosas principal.

El baile sería en el atrio, que tenía el suelo de baldosas, y donde había sillas y mesas repartidas a la vera del camino.

–Bueno, esto tiene muy buena pinta –le dijo Mia a Gail, que acababa de llegar–. Y ya han llegado los del catering. De acuerdo, vamos a empezar –Gail y ella se dieron una palmada en la mano, como solían hacer.

En el tiempo que tenía antes de que llegaran los invitados, Mia echó un último vistazo a la suite nupcial, donde los miembros de la comitiva de boda se vestirían y donde podrían retirarse si lo necesitaban. Y satisfecha al ver que todo estaba como debía estar, se dirigió a sus propios aposentos, donde se dio una ducha y se vistió para el evento.

Se observó detenidamente en el espejo cuando estuvo preparada. Siempre había tratado de estar elegante pero discreta en las bodas, y ese día llevaba un vestido de seda tailandesa de color verde jade con zapatos a la moda pero de tacón mediano y collar de oro con cuentas de vidrio. También llevaba un tocado hecho con la misma seda tailandesa y plumas y un pequeño velo de encaje a un lado.

«Seguramente no me reconocerá», se dijo para tranquilizarse mientras observaba su reflejo en el espejo de cuerpo entero. El tocado le proporcionaba un aire de sofisticación superior al que solía lucir.

Pero aun sin el tocado estaba muy lejos de ser la niña que era en aquella época. Siempre con vaqueros, siempre al aire libre, siempre montando cuando podía. Su ropa, su pelo, debían ser diferentes a como solía llevarlos antes. Torció el gesto.

El pelo era un problema para ella. Casi negro, salvaje y rizado, nunca conseguía domarlo ni aunque se lo cortara. Así que lo llevaba atado muy tirante cuando tenía una ocasión formal, algo que no hacía cuando era más joven.

Sin embargo, tenía que reconocer que sus ojos seguían siendo los mismos. Eran verdes, y Gail le había dicho una vez que tenía unas pestañas increíbles, igual que la boca. También tenía dos hoyuelos que no terminaban de convencerla porque no parecían casar con la mujer sofisticada que quería parecer.

Se apartó del espejo con un encogimiento de hombros y descubrió para su horror que temblaba ligeramente porque de pronto estaba aterrorizada.

No, no era de pronto, se corrigió. Desde que supo quién era la novia había estado fingiendo que era capaz de enfrentarse a la familia O'Connor cuando en realidad lo que quería era salir corriendo.

Pero ya era demasiado tarde. Iba a tener que pasar por ello. Tendría que ser civilizada con Arancha O'Connor y su hija, Juanita. Y tendría que ser normal con Carlos.

A menos que no la reconociera.

Aspiró con fuerza el aire y echó los hombros hacia atrás. Podía hacerlo.

Pero todas sus inseguridades resurgieron poco después cuando colocó la sopera con las hortensias en lo que le parecía un mejor lugar, el último acto de preparación para la boda... y se le cayó.

Se estrelló contra el suelo de baldosas y le mojó los pies. Mia se quedó mirando el desastre sintiéndose impotente.

–¿Mia? –alertada por el estruendo, Gail entró corriendo y vio el desastre.

–Lo... lo siento –balbuceó Mia con la mano en la boca–. ¿Por qué he hecho esto? Era una sopera preciosa.

Gail alzó la vista y miró a su jefa con el ceño fruncido. Entonces cayó en la cuenta de que Mia llevaba varios días rara, como si estuviera menos segura de sí misma, pero no entendía la razón.

–Solo ha sido un accidente –aseguró.

–Sí, por supuesto –reconoció Mia. Pero seguía clavada en el sitio.

–Mira, tú ve a cambiarte de zapatos –le aconsejó Gail–. Yo limpiaré esto. No tenemos mucho tiempo.

–Gracias. Tal vez se pueda pegar, ¿no?

–Tal vez –convino Gail–. Pero tú ahora vete.

Mia se apartó de allí finalmente y no vio la extraña mirada que su asistente le lanzó antes de ir a limpiar lo que quedaba de la sopera antigua.

La comitiva nupcial llegó a tiempo.

Mia miró a través de las puertas de la terraza y vio llegar a la novia, las damas de honor y la madre de la novia. Durante un instante se quedó agarrando la cortina con una mano hasta que se le pusieron blancos los nudillos. Palideció especialmente al ver a la madre de la novia, Arancha O'Connor. Aspiró con fuerza el aire, contó hasta diez y salió a saludar.

En la suite nupcial había un revuelo de actividad. Mia había llevado peluquero, maquillador y florista. Entre los perfumes, los secadores y las flores, tuvo la sensación de que nadie la había reconocido.

Pero se equivocaba.

La comitiva nupcial estaba casi preparada cuando Arancha O'Connor, la personificación de la elegancia vestida de lavanda con un enorme sombrero, señaló de pronto a Mia y dijo:

—¡Yo te conozco! Eres Mia Gardiner.

Mia se dio la vuelta y la miró.

—Sí, señora O'Connor. No pensé que se acordaría de mí.

—¡Claro que me acuerdo! Vaya, vaya, Mia —Arancha deslizó la mirada por ella con gesto comprensivo—. Está claro que te has pulido un poco. Has subido de posición en la vida, ¿verdad? Aunque —miró a su alrededor—, supongo que esto es una versión mejorada de la posición de doncella. Juanita, ¿te acuerdas de Mia? —se giró hacia su hija—. Sus padres trabajaban para nosotros. Su madre en la cocina y su padre en el jardín.

Juanita estaba espléndida en tul y encaje blanco, pero frunció el ceño algo distraída.

—Hola, Mia. Ahora te recuerdo, pero no creo que hayamos hablado nunca. Mamá —miró el teléfono que tenía en la mano—. Carlos va a llegar tarde y va a venir solo.

Arancha se puso tensa.

–¿Por qué?

–No tengo ni idea –Juanita se giró hacia Mia–. ¿Podrías modificar la mesa nupcial para que no haya un sitio vacío al lado de Carlos?

–Por supuesto –murmuró Mia haciendo amago de marcharse.

Pero Arancha le puso la mano en el brazo.

–Carlos tiene una pareja guapísima –comentó–. Es modelo, y también es hija de un embajador. Nina...

–Nina French –terminó Mia por ella–. Sí, he oído hablar de ella, señora O'Connor.

–Bueno, desgraciadamente algo le ha debido de pasar a Nina para que no haya podido venir, pero...

–Carlos está a salvo de mí, señora O'Connor, aunque no esté la señorita French para protegerlo –aseguró Mia–. Completamente a salvo, créame. Y ahora, si me perdona, volveré al trabajo –se dio la vuelta, pero no antes de ver el brillo de furia de los oscuros ojos de Arancha.

–Está saliendo bien –susurró Gail poco tiempo después cuando Mia y ella se cruzaron.

Mia asintió, pero frunció el ceño. ¿Solo «bien»? Lo cierto era que todavía temblaba de rabia contenida tras su encuentro con Arancha O'Connor. Y le resultaba imposible quitárselo de la cabeza.

Su capacidad para escoger la música adecuada, su talento para agrupar a las personas, su habilidad para relacionarse con los invitados, todo lo había perdido porque Arancha la había reducido de gran profesional a la hija de la sirvienta.

–¡Pero él no está aquí! –añadió Gail.

–Va a llegar tarde, eso es todo.

Gail chasqueó la lengua para expresar su malestar y dejó a Mia en su posición de discreta observadora sintiéndose impotente y consciente de que estaba perdiendo las riendas de la boda. Y no solo eso: además se veía poseída por una sensación de injusticia.

Su intención había sido demostrarle a Arancha que había conseguido un milagro, que había fundado un pequeño negocio que había prosperado y que gracias a eso tenía a los ricos y famosos llamando a su puerta. Además, se codeaba con ellos: su ropa tenía etiquetas de diseñadores, y todos hablaban con admiración de su gusto para la decoración y los pequeños detalles.

Pero ¿qué había demostrado? Nada. Con unas cuantas palabras bien elegidas, Arancha había echado por tierra sus éxitos y había resucitado su complejo de inferioridad, así que parecía que estaba otra vez sentada al borde del camino, mirando. Seguía tan lejos como siempre de entrar en el círculo de Arancha y Juanita. Por no hablar de Carlos.

Creía que ya no podía ser acusada de ser la hija de la doncella como si eso fuera una marca invisible con la que tuviera que cargar eternamente, pero, al parecer, ahora era todavía peor.

Su madre había sido rebajada, había pasado de ser una cocinera dedicada, una persona entregada al cuidado y la organización de la casa, la convertirse en una trabajadora de la cocina.

Su padre, a quien le interesaba apasionadamente no solo lo que crecía en el jardín, sino también los pájaros y las abejas, había sufrido un destino similar.

Fue entonces cuando se oyó el sonido de un poderoso motor. Mia salió al exterior.

El motor pertenecía a un coche deportivo, un descapotable amarillo metálico de dos puertas. El vehículo se detuvo en la entrada de gravilla y una figura alta vestida con vaqueros salió, sacó una bolsa del maletero y se acercó a ella a buen paso.

–Llego tarde, lo sé –dijo–. ¿Tú quién eres?

–Yo... yo me encargo de la organización –respondió Mia con incertidumbre.

–Bien, entonces puedes decirme dónde cambiarme. Por cierto, soy Carlos O'Connor y estoy en un buen lío. Estoy seguro de que me he perdido la ceremonia, pero, por favor, dime que no me he perdido los discursos –imploró–. No volverán a dirigirme la palabra –tomó a Mia del codo y la llevó hacia la casa a toda prisa.

–No, los discursos no –afirmó Mia sin aliento–. Y ahora que ya estás aquí, puedo retenerlos un poco más mientras te cambias. Aquí es –señaló con la mano una puerta que daba directamente a la suite nupcial.

Carlos se apartó de ella.

–¿Te importa decirles que estoy aquí?

–Claro.

–Muchas gracias –dijo desapareciendo por la puerta.

Mia se quedó mirando la puerta con los labios entreabiertos y los ojos como platos. ¡No la había reconocido! Eso era lo que quería que pasara, pero la ironía estaba en que odiaba que así fuera porque significaba que le importaba tan poco que la había olvidado al instante.

Tragó saliva y se dio cuenta sobresaltada que tenía una boda que supervisar y un mensaje que entregar. Se enderezó el tocado, entró en el comedor y se acercó discretamente a la mesa nupcial, donde se inclinó para decirles a los novios que el señor O'Connor había llegado y que estaría con ellos en cuanto se cambiara.

–Gracias a Dios –exclamó Juanita–. Sé que no necesito a nadie que me entregue, pero necesito que Carlos dé un discurso como solo él sabe hacerlo. No solo para exaltar mis virtudes –aseguró poniéndole la mano a su marido en el brazo–, sino también para animar un poco la velada.

Mia dio un respingo.

–Además, mamá está empezando a ponerse nerviosa –añadió Juanita–. Estaba temiendo que hubiera sufrido un accidente.

–Creía que tu madre había dejado de preocuparse de Carlos hace muchos años –comentó Damien.

Juanita le miró burlona.

–Nunca –afirmó–. Ni tampoco descansará hasta que le haya encontrado una esposa adecuada.

Mia desapareció de allí en aquel momento y se dirigió a la puerta de la suite nupcial para guiar al recién llegado hasta el comedor a través del laberinto de pasillos.

Habría preferido delegar aquella tarea en Gail, pero no la había visto por ninguna parte.

Tras esperar cinco minutos, consultó el reloj y llamó suavemente a la puerta con los nudillos.

Se abrió al instante y apareció Carlos vestido de traje, presentable y correcto, a excepción del pelo, que estaba alborotado, y de la corbata de lazo que llevaba en la mano.

–No puedo anudar esta maldita cosa –dijo apretando los dientes–. Nunca he podido. Si alguna vez me caso, prohibiré que la gente venga con traje y corbata. Toma –le pasó la corbata a Mia–. Si estás a cargo de esto, demuéstralo.

Típico de Carlos mostrarse tan arrogante, pensó Mia, que todavía estaba dolida.

Tomó la corbata, le miró con frialdad y se puso de puntillas para hacerle el nudo.

–Ya está –afirmó cuando hubo terminado–. Y ahora, si no te importa, la boda te está esperando.

–Espera un momento –Carlos frunció el ceño y le puso las manos en las caderas, un gesto completamente inapropiado entre la organizadora de la boda y uno de los invitados–. ¿Mia? –preguntó con incredulidad.

Ella se quedó paralizada y luego hizo un esfuerzo por responder.

–Sí. Hola, Carlos –lo saludó con naturalidad–. Creía que no me ibas a reconocer. Eh... Juanita te necesita, así que... –trató de darse la vuelta, pero él se lo impidió.

–¿Por qué estás enfadada, Mia?

Ella tuvo que morderse el labio inferior para no soltarle la verdad, toda la verdad y nada más que la verdad. Tragó saliva varias veces.

–Esta boda me está resultando algo complicada –dijo finalmente–. Eso es todo. Así que... –trató de apartarse.

Carlos le subió las manos a la cintura y dijo con tono autoritario:

–Espera. Debe de hacer unos seis o siete años que saliste huyendo, Mia.

–Yo no... bueno, supongo que sí lo hice –se corrigió–. Pero escucha, Carlos, esta boda está perdiendo el rumbo y me juego mi reputación, así que ¿te importaría ir y pronunciar un discurso como al parecer solo tú sabes hacerlo y animar la cosa?

–Ahora mismo. Vaya –Carlos apretó los labios mientras la apartaba de él y la admiraba de los pies a la cabeza–. Perdona mi entusiasmo pueril, pero esta vez sí que has crecido, Mia.

Ella se mordió el labio inferior. Tratar con Carlos podía resultar difícil en ocasiones, pero sabía que no se movería de allí hasta que estuviera listo para hacerlo. Dejó escapar un suspiro y apretó los dientes mentalmente. De acuerdo, a aquel juego podían jugar los dos.

–Tú tampoco estás mal –dijo con tono despreocupado–. Aunque debo decir que me sorprende que tu madre no te haya encontrado esposa todavía.

–La última persona a la que le dejaría elegirme esposa es a mi madre –afirmó él–. ¿A qué viene eso?

Mia abrió los ojos de par en par y se dio cuenta de que tenía que pensar rápidamente.

–Seguramente al evento que se está celebrando aquí –afirmó con ironía–. Las cosas se van a poner feas si no me saco algún truco del sombrero –se apartó de él, esa vez con éxito.

Carlos se la quedo mirando durante un largo instante y luego empezó a reírse. Mia sintió que el corazón le latía con más fuerza porque llevaba mucho tiempo sin Carlos, sin su risa, sin sus brazos estrechándola...

–No sé qué esperas que haga –aseguró él.

–No me importa lo que hagas, pero, si no vienes y haces algo, gritaré hasta quedarme afónica.

Capítulo 2

TE SIENTES mejor?

Mia dio otro sorbo de brandy y miró a su alrededor. Todo el mundo se había ido. La comitiva nupcial, los invitados, los encargados del catering, todos.

Gail se había ido a casa encantada de la vida, no solo porque había visto a Carlos, sino que también había hablado con él. Y la boda había sido un éxito. Se había animado milagrosamente en cuanto Carlos pronunció su discurso y Juanita las abrazó a Gail y a ella cuando se marchó y les dio las gracias por haber contribuido a que aquel día fuera tan especial.

Carlos se marchó en su descapotable amarillo metalizado y Mia se quitó los zapatos, se cambió el vestido de seda por una bata y se dejó caer en la butaca del recibidor. Tenía el tocado al lado, en una silla. No había derramado ni una lágrima, pero se sentía como si la hubiera arrollado un autobús.

Era bastante normal sentirse sin fuerzas tras un evento, pero eso era distinto. Aquello era un desbordamiento emocional de proporciones épicas. Y todo se debía a Carlos y al hecho de que se hubiera estado engañando durante años pensando que lo había superado.

Se debía al hecho de que al sentir sus manos en las caderas y en la cintura se le habían despertado unas sensaciones que le recorrieron todo el cuerpo. Que no la hubiera reconocido fue como si un puñal le hubiera atravesado el corazón.

Entonces fue cuando alguien dijo su nombre y ella alzó la vista y le vio frente a ella.

–Pero... pero... –balbuceó–. Te habías ido. Te vi salir.

–He vuelto. Duermo en casa de unos amigos, al otro lado de la carretera. Y tú necesitas una copa. Dime dónde están.

Mia vaciló y luego señaló con la mano. Carlos regresó unos minutos más tarde con el carrito de las bebidas, sirvió un par de brandys y se sentó frente a ella en una butaca. Se había puesto unos pantalones caqui de algodón y una sudadera gris.

–¿Te sientes mejor? –le volvió a preguntar.

Ella asintió.

–Gracias.

Carlos frunció el ceño.

–¿Estás segura de que este es trabajo para ti, Mia? ¿No te quita demasiada energía?

–Normalmente no me... –se detuvo y se mordió el labio inferior.

–¿Normalmente no te afecta tanto? –quiso saber él.

Ella miró la tela fruncida de la bata.

–Bueno, no.

–¿Y qué ha tenido esta boda de diferente?

–No lo sé –Mia se encogió de hombros–. Supongo que pensé que nadie me reconocería.

–¿Y por qué diablos no íbamos a reconocerte?

–He cambiado.

–No tanto.

Mia le lanzó flechas con los ojos.

–Eso es lo que tu madre trató de decirme. Solo soy la versión mejorada de la hija de la criada, en otras palabras.

–Yo no he dicho eso –afirmó Carlos–. ¿Desde cuándo eres tan susceptible, Mia?

Ella aspiró con fuerza el aire.

–No lo soy –aseguró con sequedad.

–No entiendo si querías que pensáramos que has cambiado o no.

–No te preocupes, Carlos –le aconsejó ella con frialdad–. De hecho, gracias por servirme la copa. Pero me gustaría que volvieras a casa de tus amigos. Tengo muchas cosas que hacer.

–Vaya manera de echarme –replicó Carlos con desenfado–. Pero vas a tener que aguantarme hasta que quiera irme, Mia. Así que ¿por qué no me hablas de estos años? Me refiero a los años que han pasado desde que me besaste con considerable ardor antes de huir hasta ahora –sus ojos grises la miraron burlones.

Mia palideció.

–Estoy esperando –insistió él.

Ella dijo algo muy grosero entre dientes, pero sabía que Carlos no lo dejaría estar hasta que no tuviera las respuestas que quería.

–De acuerdo –murmuró. Y con la mayor renuencia le habló de aquellos años. De cómo su padre y su madre se habían jubilado y ahora vivían en Nueva Gales del Sur. Del pequeño establecimiento que habían montado en un pueblo y que se había vuelto muy conocido, no solo por las tartas que preparaba su madre, sino también por la miel que producía su padre.

Le contó que terminó la universidad, que pasó varios meses en el extranjero, que tras trabajar en varios caterings decidió finalmente montar su propio negocio.

–Y eso es todo –concluyó finalmente–. ¿Qué me dices de ti?

Carlos evitó la pregunta.

–¿Ninguna relación sentimental?

–¿Yo? –Mia pasó el dedo por el borde de la copa–. Nada serio. No he tenido tiempo. ¿Y qué me cuentas de ti? –insistió.

–Yo... –Carlos hizo una pausa y torció el gesto–. En este momento estoy solo. De hecho, he cortado con Nina hoy mismo.

Mia se atragantó con el brandy.

–¿Hoy? ¿Por eso has llegado tarde? –preguntó sin dar crédito a lo que oía.

Carlos asintió.

–Tuvimos una bronca monumental justo antes de salir para llegar aquí con tiempo –Carlos se encogió de hombros–. Ahora que lo pienso, el cincuenta por ciento de nuestra relación consistía en broncas monumentales.

–Oh, lo siento –afirmó Mia–. Pero las broncas suelen desembocar en grandes reconciliaciones.

–Esta vez no –aseguró él con frialdad.

Tanta frialdad que Mia sintió un escalofrío en la columna vertebral.

Carlos guardó silencio durante un largo instante mientras daba vueltas a la copa en la mano.

–Por lo demás –continuó–, he trabajado como un mulo para suplir a mi padre desde que sufrió aquel ataque. Murió hace unos meses.

–Lo leí. Lo siento.

–No lo sientas. En realidad fue un alivio para todos. Tras el ataque se volvió un amargado y resultaba muy difícil vivir con él. Siempre fue un hombre duro, nada de lo que yo hacía parecía cubrir nunca sus expectativas.

–Yo no lo conocí mucho –murmuró Mia.

Carlos apuró su copa y miró hacia la puesta de sol.

–No sé por qué te cuento esto –murmuró–. El caso es que tal vez su falta de entusiasmo por la mayoría de las cosas, incluido yo, es lo que hace que yo vea la vida de un modo similar.

Mia frunció el ceño.

–¿Qué quieres decir?

–Me falta algo, aunque no sabría señalar exactamente de qué se trata.

–Puede que te falte una esposa y una familia –afirmó ella en un tono maternal.

No estaba preparada en absoluto para lo que pasó a continuación. Carlos la observó durante un largo instante con los ojos entornados y luego dijo:

–¿Te gustaría ocupar el lugar de Nina?

Mia abrió los ojos de par en par.

–¿Qué quieres decir?

–¿No te gustaría ser mi prometida? No es que estuviera prometido a Nina, pero...

Ella volvió a atragantarse al dar un sorbo a la copa y empezó a toser.

–Una reacción inusual –murmuró Carlos mirándola.

Mia agarró una servilleta del carrito y se limpió la boca.

—¿Cómo puedes decir algo así? No me hace ninguna gracia —le dijo con frialdad.

Carlos alzó una de sus oscuras cejas.

—No era mi intención que te la hiciera. Necesito desesperadamente un escudo en este momento para protegerme de Nina y de todos los demás —parecía muy irritado.

—¿Todos los demás? ¿Quiénes? —quiso saber ella.

—El escenario en el que Nina se mueve, igual que Juanita, mi madre y el resto —se encogió de hombros—. Los has visto a todos hoy —Carlos hizo una pausa y sonrió de pronto—. En comparación, la hija de la doncella es como un soplo de aire fresco.

Mia palideció completamente.

—¿Cómo te atreves? —susurró—. ¿Cómo te atreves a hablarme con tanta condescendencia y a pensar que me voy a reír con tu ridícula proposición y con tu comentario sobre que soy la hija de la doncella?

—Mia —Carlos se incorporó—. Tal vez hayan pasado siete años, pero tú y yo tuvimos algo hace tiempo, ¿te acuerdas? Quizá no significara mucho para ti, pero sucedió.

—¿Que no significó mucho para mí? ¿Qué estás diciendo?

—Bueno, saliste huyendo, ¿recuerdas?

—Tu madre me hizo una advertencia, Carlos —exclamó Mia olvidando todas sus buenas intenciones de no sacar a relucir el pasado—. Me dijo que nunca podría estar contigo, que la hija de una doncella nunca sería lo suficientemente buena como para ser tu esposa. Me dijo que solo estabas jugando conmigo y me amenazó con echar a mis padres si no me iba.

–¿Qué? –gruñó Carlos atónito.

Mia le miró con los ojos muy abiertos.

–No lo sabías –era una afirmación, no una pregunta.

–Aquella noche terminé en el hospital, ¿te acuerdas? Cuando volví a casa ya no estabas. Por favor, dime qué pasó –le pidió con firmeza.

Mia se dispuso a recordar el pasado.

–Tu madre vino a casa –comenzó a contarle–. La tormenta había pasado, pero yo estaba todavía... yo estaba aún tumbada en el sofá. No la había oído. Tú estabas dormido. Estaba... estaba lívida –Mia tragó saliva y se estremeció–. Me sacó de allí cuando le conté lo que había pasado y llamó a un helicóptero médico. No sé cuándo te despertaste. No sé si tuviste una conmoción, pero al día siguiente fue cuando vino a decirme todo aquello.

–¿Y qué pasó con tus padres?

–Nunca les dije lo que había pasado. Pero justo entonces me concedieron plaza en una universidad de Queensland. Antes no estaba muy segura de aceptarla porque significaría estar muy lejos de mis padres, pero les dije que había cambiado de opinión. Me marché dos días después. Tú no habías vuelto todavía, pero no podía arriesgarme a que perdieran su trabajo –le miró largamente–. No podía.

Carlos cerró un instante los ojos.

–Lo siento. No tenía ni idea. Debía de estar bastante mareado porque no recuerdo mucho lo del helicóptero. Cuando regresé a West Windward tras hacerme todo tipo de pruebas y de escáneres para comprobar si me había roto el cráneo, tú te habías marchado. Mi madre me contó que habías conseguido plaza en una universidad de Queensland y que tus padres estaban muy orgullosos de ti porque era un gran logro. Así que les di la enhorabuena y ellos me dijeron que estaban encantados. No parecía haber ningún problema.

Mia se apretó los ojos con la servilleta.

—Estaban muy orgullosos de mí —se encogió de hombros—. ¿Nunca consideraste la posibilidad de buscarme para comprobarlo?

Carlos le sostuvo la mirada durante un largo instante y luego dijo:

—No.

—¿Por qué no? —susurró ella.

Él apartó la vista y se frotó la mandíbula. Luego la miró directamente a los ojos.

—Mia, en ese momento pensé que solo te complicaría la vida. No estaba preparado para una relación, así que lo único que podía ofrecerte era una aventura. Acababa de ocupar el puesto de mi padre, mi vida estaba en un proceso de completa reorganización y...

Carlos se detuvo bruscamente al ver que ella daba un respingo. Mia ya había oído suficiente. Se levantó de un salto.

—Entonces, si tu madre no me hubiera advertido lo habrías hecho tú, ¿no?

—No —afirmó él con seguridad poniéndose de pie para acercarse a ella—. No.

Mia se tropezó al apartarse, y se habría caído si él no la hubiera sujetado.

–Escúchame –le ordenó Carlos rodeándola con sus brazos–. Solo escúchame.

Mia ignoró sus palabras y trató de liberarse.

–Mia –le advirtió él–. ¿Desde cuándo crees que puedes ganarme en una pelea? Quédate quieta y escucha.

–No hay nada que me interese de lo que quieras decirme –jadeó ella.

Carlos entornó los ojos. A ella se le sonrojaron las mejillas y se le oscurecieron los ojos por el dolor.

–De acuerdo –él se encogió de hombros–. Entonces, ¿qué te parece esto?

Y antes de que Mia pudiera darse cuenta de lo que iba a pasar, Carlos inclinó la cabeza y le reclamó la boca con un beso.

Ella se quedó inmóvil entre sus brazos por la sorpresa, por el modo en que movía las manos por su cuerpo. Sentir su cuerpo duro como el acero en su suavidad resultaba hipnotizador. Y abrió los labios bajo los suyos porque no pudo resistirse.

Cuando terminó el beso, Mia tenía la cabeza apoyada en su brazo, el pelo suelto y los verdes ojos muy abiertos por la sorpresa. Estaba asombrada por lo que Carlos había hecho y por el modo en que ella había respondido.

–No me mires así –le pidió él.

–¿Por qué has hecho esto? –susurró Mia.

–Es una forma tradicional de detener una pelea entre un hombre y una mujer –confirmó con sarcasmo–. ¿No lo sabías?

Ella bajó las pestañas y Carlos tuvo la sensación de que había vuelto a hacerle daño.

–Mia, nunca te habría rechazado por ser la hija de la doncella.

–Oh, Carlos, te estás engañando a ti mismo...

–Escucha –la interrumpió él con fiereza–. Sí, te habría dicho que no teníamos futuro, pero no por quién eres. Yo jamás he compartido los delirios de grandeza de mi madre –aseguró apretando los dientes.

Pero por encima de todo aquello, a Mia seguía doliéndole que Carlos la hubiera rechazado. Y en cuanto a su proposición...

–Creo que estás loco por pensar que yo querría comprometerme contigo después de todo lo que ha pasado –afirmó con amargura–. ¿Tú sabes lo barata que me hizo sentir tu madre?

Carlos cerró un instante los ojos, luego la soltó y le tendió la copa. Ella parpadeó y le dio un sorbo al brandy. Carlos la miró y luego le preguntó a bocajarro:

–¿Cuántos años tienes? ¿Veinticinco?

Mia asintió con recelo.

–¿Ha habido alguien?

A ella se le sonrojaron las mejillas y dejó la copa en el carro con fuerza.

–Eso no es asunto tuyo.

–Yo creo que sí. Supongo que debió de ser una experiencia horrible. Mi madre se ha entrometido siempre en nuestras vidas, pero nunca antes de un modo que hiciera daño a otra persona. Lo que le sucedió a mi padre fue un shock para ella y puede que la desequilibrara un poco –hizo una pausa y torció el gesto–. En cualquier caso, no puedo dejarlo estar.

–No hay nada que puedas hacer al respecto. Y ya lo he superado.

–Ese es el problema. No creo que lo hayas hecho. Tengo la firme sospecha de que eres una virgen de veinticinco años, Mia.

Ella contuvo el aliento y dio un respingo.

–¿Por qué no te marchas? –le espetó–. Y pensar que creía que eras el mejor de los O'Connor...

Carlos alzó una ceja.

–¿El mejor de lo peor?

–Sí. ¡No! –Mia apretó los puños y de pronto se sintió desbordada. Se quitó los zapatos y salió corriendo por la terraza hasta el camino en dirección a su cabaña.

Pero aquel no era su día. No vio el trozo de vidrio con el que se tropezó y gritó de dolor.

Carlos estaba justo detrás de ella. Se limitó a soltar una palabrota, a subirla en brazos y a darse la vuelta como si quisiera llevarla otra vez a la mansión.

–No, no –afirmó Mia–. No quiero llenar la casa de sangre. Llévame a mi cabaña. Allí tengo un botiquín de primeros auxilios. Oh, te estoy llenando de sangre.

–No te preocupes, ya hemos llegado. Quédate de pie a la pata coja un momento mientras abro la puerta y enciendo las luces.

Unos minutos más tarde, Mia estaba tumbada en el sofá con una toalla bajo el pie. Carlos había encendido las luces y, siguiendo sus instrucciones, había encontrado el botiquín en el baño.

–Por cierto, soy un buen médico –dijo mientras sacaba las pinzas, el antiséptico, el algodón y las vendas.

–¿A cuánta gente has atendido? –le preguntó Mia–. ¿El corte es profundo?

Carlos le examinó el talón.

–Bastante profundo. Pero no veo que tenga nada clavado, y creo que podremos contener la hemorragia hasta mañana, cuando podremos ir a ver a un médico de verdad. Tal vez necesites un par de puntos. Tendrás que evitar pisar durante un tiempo.

Carlos le limpió el corte con un algodón empapado en antiséptico, lo secó y luego le puso una venda.

–Ya está –dijo estrechándola entre sus brazos–. Eres una buena paciente –susurró–. ¿Te sientes mejor? –la apartó un poco de sí y le observó el rostro–. Estás un poco pálida.

Mia torció el gesto y, sin pensar en lo que hacía, apoyó la cabeza en su hombro.

–Estoy bien. Me siento un poco estúpida. Siempre compruebo el camino para ver si hay vasos rotos. Cuando la gente bebe, nunca se sabe lo que van a terminar haciendo con los vasos. Nunca he salido corriendo descalza.

–¿Por qué lo has hecho? –Carlos le besó la coronilla y a ella le pareció lo más natural del mundo.

–Estaba huyendo de ti –reconoció con un suspiro. Alzó la cabeza y le miró a los ojos–. Durante unos instantes te he odiado de verdad. Y cuando miro atrás te vuelvo a odiar.

–Entonces no mires atrás –le aconsejó él trazándole la línea de la boca–. Siempre me ha parecido una de las bocas más deliciosas que he visto en mi vida.

Mia era consciente del creciente clamor de sus terminaciones nerviosas, algo delicioso y al mismo tiempo perturbador. Era consciente de lo fuerte que era, la había llevado con facilidad. Consciente de las antiguas sensaciones que le había despertado el verse en sus brazos, el sentir su cuerpo contra el suyo, aquel olor a hombre que tanto le gustaba cuando cabalgaban juntos.

Consciente del recuerdo de sus manos, tan seguras cuando la besó y la tocó aquella noche como lo hizo en el pasado, aunque entonces sufría una conmoción.

Aquel último pensamiento provocó que diera un respingo. Tenía que recordar que Carlos era peligroso para su salud mental.

Así que se apartó de él y cambió deliberadamente de tema.

—Este accidente no podría haber ocurrido en peor momento. Tengo eventos durante toda la semana que viene a partir de pasado mañana. Necesito estar bien.

Él la miró con cierta ironía.

—¿No tienes ningún plan de contingencia? ¿Tus pies son los únicos disponibles?

—Bueno, no —Mia se reclinó en el asiento—. También está Gail.

—Ah, Gail —murmuró Carlos con un brillo travieso en los ojos—. Sí, la conozco. Se presentó a sí misma muy amablemente y se ofreció para ayudarme en todo lo que necesitara.

Mia puso los ojos en blanco y él sonrió.

—Sin embargo, me dio la impresión de que a pesar de su juventud, Gail es una persona práctica y seguramente muy trabajadora. Así que puedes darle a ella instrucciones para el trabajo. Problema resuelto.

Mia le miró con una mezcla de frustración y desesperación y se limitó a asentir. Carlos se dirigió al baño para dejar el botiquín y luego fue a la cocina.

—¿Tienes algo de comer?

–Mira en la nevera –le dijo ella tragando saliva–. Siento haberte manchado de sangre, pero sale con agua fría.

Carlos se miró la camisa y maldijo entre dientes.

–Lo frotaré a ver qué sale.

Mia no tuvo más remedio que reírse cuando, tras haberse limpiado las manchas de sangre, Carlos encontró su delantal colgado de un gancho y se lo puso.

–Ya está. Presentable –aseguró él atándoselo. Abrió la puerta de la nevera y al parecer aprobó lo que vio. Sacó un cuenco con pasta marinada que solo hacía falta calentar. También había un poco de ensalada. Finalmente sacó una botella de vino blanco, metió la pasta en el microondas y sacó platos y cubiertos.

En cuestión de minutos estaban comiendo y compartiendo el vino.

Mia comía de una bandeja que tenía en las rodillas. Seguía en el sofá con los pies en alto. Carlos le preguntó por su trabajo y por la mansión y ella le habló de las ancianas dueñas y de su sobrino y heredero.

–Quiere vender la propiedad e invertir el dinero en algo más rentable –Mia se encogió de hombros–. Así que algún día tendré que buscarme otro sitio. Sería una lástima, pero ya veremos.

–¿Sientes apego por la casa? ¿No se trata solo de un negocio para ti?

Mia suspiró y se llevó la copa de vino a los labios.

–Me encanta –reconoció con una mirada soñadora–. Me gustaría que fuera mía. Me encantaría llamar a este lugar mi casa, tener diez hijos y criarlos aquí.

Carlos parpadeó.

–¿Diez?

Ella agitó la mano para restarle importancia al comentario.

–No, no tantos, pero sí algunos. Me encantan los niños –hizo una pausa y recordó su fantasía del pasado, la de ser la madre de los hijos de Carlos. No pudo evitar preguntarse si tendría algún día hijos, si podría volver a enamorarse–. Creo que es porque yo fui hija única y por eso me llaman la atención las familias numerosas. ¿Tú tienes algún proyecto de futuro, algún sueño?

Carlos estaba sentado con las manos detrás de la cabeza. Se lo pensó durante un largo instante y luego frunció el ceño.

–Hay algo que tengo constantemente en mente –reconoció–. O, más bien, alguien. Alguien que no me gustaría nada que me tomara la delantera.

–Eso suena más bien a vendetta. ¿De quién se trata?

–De Talbot Spencer, el constructor. Llevamos años compitiendo por los mismos contratos. Incluso ha tratado de comprarme la empresa en un par de ocasiones. Por eso tengo fijación con él.

–Es un playboy, ¿verdad? –Mia frunció el ceño mientras recordaba mentalmente todo lo que sabía de Talbot Spencer–. Aunque supongo que tú también puedes ser considerado como tal. Coches, barcos, caballos y mujeres. Los dos dais el tipo.

No le había visto nunca en persona, aunque sí en fotos. No era tan alto como Carlos y era rubio y guapo.

–¿Cuál es la verdadera causa de vuestro enfrentamiento? ¿El mundo de los negocios?

Carlos apoyó la barbilla en la mano y tardó largo rato en contestar.

–Una mujer.

–¿Te... te robó una novia? –quiso saber ella.

Carlos sacudió la cabeza.

–A mí no, a mi mejor amigo. Talbot es unos años mayor que yo. Mi amigo y yo estábamos en la universidad cuando conoció a esta chica. Para abreviar la historia, ella se enamoró de Talbot y dejó a mi amigo. Entonces Talbot la dejó embarazada, le pagó el aborto y la dejó.

–Oh, no –murmuró Mia.

–Sí. Se quedó destrozada y llena de culpa por el aborto. Sus heridas tardaron años en curarse y mi amigo estuvo a su lado en todo momento. Nunca se lo perdonaré a Talbot y él lo sabe. Por eso quiero acabar con su empresa de construcción... ¿por qué demonios te estoy contando todo esto, Mia?

–No lo sé –ella sonrió–. Ha sido un día muy duro en todos los sentidos. Tal vez por eso.

–Puede ser. ¿Dónde está el dormitorio?

Mia le señaló el altillo con la mano.

–¿Es el único que hay? ¿Te importa si le echo un vistazo?

–Adelante.

Carlos la miró desde arriba cinco minutos más tarde.

–Yo duermo arriba y tú ahí abajo. Dime qué necesitas y te lo bajo.

Mia se incorporó de golpe.

–Pero ¿qué dices? No puedes hablar en serio. Yo...

–Mia –la interrumpió él con firmeza–. No puedes esperar en serio que te abandone en medio de esta montaña solitaria. ¿Por qué has terminado viviendo tan sola en un lugar tan aislado? –preguntó irritado.

–No estoy sola. Hay otra cabaña en la que viven Bill, el jardinero, y su mujer. Pero ella no está ahora en... –se interrumpió y se mordió el labio inferior.

–¿No está ahora aquí? Bueno, entonces tendrás que aguantarme porque a lo más lejos que podrás llegar es al baño. Para empezar, no podrás subir por esta escalera.

Así que le tiró desde arriba un pijama, una almohada y un edredón.

Mia aspiró con fuerza el aire al recogerlo todo.

–De acuerdo, tal vez no pueda subir, pero me las arreglaré. Gracias por la oferta, es muy amable por tu parte, pero no lo necesito.

–Mia –Carlos bajó por la escalera y se sentó al final del sofá–. No voy a violarte ni a seducirte, créeme.

Se quedaron mirándose el uno al otro hasta que ella dijo en voz baja:

–No esperaba que lo hicieras. Pero es que no me gusta ser prisionera de nadie.

–¿O tienes miedo de que aunque no te seduzca te vuelva a caer bien?

Mia abrió la boca para decir algo, pero John Silver escogió aquel momento para hacer notar su presencia. Relinchó varias veces con fuerza. Ella se llevó la mano a la boca.

–Es mi caballo. Me había olvidado de él. No ha comido ni le he llevado a su cuadra a dormir –hizo amago de poner las piernas en el suelo, pero prevaleció la cordura–. No voy a poder hacerlo, ¿verdad?

–No –Carlos se puso de pie–. Pero yo sí. También puedo traer más leña para el fuego.

–Pero ¿no te alojabas en casa de unos amigos? ¿No estarán preguntándose dónde estás?

Carlos sacó el móvil del bolsillo.

–Les llamaré. ¿Alguna objeción más? –le preguntó con repentina impaciencia.

Ella se recostó con un suspiro.

–No –murmuró con expresión angustiada–. Pero ten cuidado con John Silver. Puede morder a los desconocidos.

–Gracias por la advertencia. ¿Algo más que deba saber?

Mia vaciló un instante.

–No he cerrado con llave la mansión principal. No es que suela haber robos por aquí, pero no me gusta dejarla abierta.

–Dime qué tengo que hacer. Ahora que lo pienso, yo también he dejado el coche abierto.

Mia le explicó cómo cerrar la casa.

–Deséame suerte –dijo él con ironía saliendo al aire de la noche.

Mia se quedó mirando la puerta cerrada y fue consciente de que nunca se había sentido tan confundida.

Molesta, maravillada y confusa, pensó cerrando los ojos. ¿Cómo era posible que hubiera besado a Carlos O'Connor después de que él hubiera admitido que nunca habían tenido futuro?

Unos minutos después decidió aprovechar su ausencia, se levantó con cierto dolor y se dirigió al cuarto de baño. Cuando volvió al sofá llevaba puesto su pijama de cuadros y se acurrucó bajo el edredón.

Tal vez el vino y los brandys habrían contribuido

a adormecer el dolor del talón, pensó, pero eso estaba bien. Se quedó dormida sin pretenderlo, sin darse siquiera cuenta de ello, en un día de emociones entremezcladas como en ningún otro día de su vida.

Carlos volvió cuando terminó todos los encargos, pero Mia ni siquiera se movió cuando añadió leña al fuego.

Se la quedó mirando durante un largo instante. Las pestañas ridículamente largas que le llegaban hasta las mejillas. El pelo oscuro que se había recogido en trenzas, haciendo que pareciera todavía más joven, igual que el pijama de cuadros. Y la boca, una de las más carnosas que había visto en su vida. Si la miraba un largo rato le resultaba imposible no desear besarla. ¿Qué sucedería si la besaba en aquel preciso instante? Suavemente al principio, acariciándole al mismo tiempo la mejilla. ¿Suspiraría y le rodearía el cuello con los brazos? ¿Le invitaría a tumbarse a su lado y aceptaría sus manos en su cuerpo?

Carlos se removió inquieto y se metió las manos en los bolsillos, consciente de la ironía de aquello, del deseo que le asaltaba de vez en cuando de abrazar a Mia.

Apretó los dientes, pero acercó una silla de la cocina y siguió mirándola dormir.

Lo cierto era que le estaba costando trabajo compaginar las dos Mias, la del pasado y esa. Aunque recordaba claramente que ella tenía una fijación infantil con él, Carlos la había ignorado pensando que se le pasaría. Pero antes de que eso ocurriera, cayó una gran tormenta, recibió el impacto de una rama y sin saber muy bien cómo, lo único que tuvo claro fue que deseaba estrechar a Mia Gardiner entre sus brazos.

Entonces recobró la cordura y regresó a West Windward reprochándose a sí mismo lo que había pasado, pero sin tener cien por cien claro lo que había sucedido entre ellos.

Pero el problema se resolvió solo. Al parecer, Mia dio por hecho que estaba bajo los efectos de una conmoción cerebral y se había ido a la universidad de Queensland para orgullo de sus padres. Y, sin embargo, las cosas no habían sucedido así, se recordó.

Carlos pensó en su madre con resignación. Arancha, tan leal a su familia por encima de todo y de todos. Torció el gesto. Cuánto podía llegar a equivocarse.

Se trataba de un problema que había ido en aumento tras la muerte de su padre y que él había heredado. En alguna ocasión había pensado que los nietos podrían ser el bálsamo que Arancha necesitaba, pero luego se preguntaba con humor negro qué clase de caos crearía su madre como abuela entrometida.

¿Cómo podría compensar a Mia por la crueldad de su madre? Y no solo por eso, sino también por su propio y desconsiderado comentario de aquel día. Sí, tal vez Mia hubiera triunfado en la vida, pero todavía cargaba con el estigma de ser la hija de la doncella. Y estaba claro que aún le dolía. ¿Y qué ocurría con la atracción que hubo entre ellos? Tal vez fuera solo un enamoramiento adolescente por parte de ella y un momento de locura alentado por la conmoción en su caso, pero una vez más, Carlos la había besado y ella había respondido.

Carlos la observó frunciendo el ceño. Dormía plácidamente, y no parecía la ejecutiva de alto nivel que era en realidad. En aquel momento sintió que le vibraba el móvil en el bolsillo. Lo sacó y lo miró.

Nina.

Lo apagó y volvió a guardarlo en el bolsillo.

La bella y exótica Nina que tanto le gustaba a su madre. Aspecto de modelo, padre embajador, un tío casado con una lady inglesa... Nina, que podía ser la personificación del encanto y de la calidez o de la frialdad más despectiva en función del día que tuviera. Nina, que despertaba en la mayoría de los hombres el deseo de acostarse con ella y que sin embargo era extremadamente insegura.

Carlos se quedó mirando las sombras que el crepitante fuego proyectaba en la pared. ¿Qué iba a hacer respecto a Nina? Era ella la que había terminado con la relación en medio de la pelea que habían tenido antes de la boda de Juanita, y que tenía que ver con el deseo de Nina de casarse, algo que él no estaba dispuesto a hacer aunque no sabía muy bien por qué.

Miró hacia la joven que dormía apaciblemente en el sofá. Y de pronto recordó la ridícula proposición que le había hecho para que ocupara el lugar de Nina. Se preguntó qué le había impulsado a hacerlo.

No era de extrañar que Mia se hubiera molestado.

Capítulo 3

MIA se despertó a la mañana siguiente al oír correr el agua.

Se movió bajo el edredón, pero estaba tan calentita y tan a gusto que le costaba trabajo abrir los ojos y más aún levantarse. Además, sentía algo de dolor en el pie.

En cuanto al agua que estaba escuchando, ¿sería lluvia? Llevaban varios días anunciándola. Pero no, más bien parecía la ducha.

Abrió los ojos de golpe y se incorporó de un salto al recordarlo todo. Tenía que ser Carlos quien estaba en su ducha.

En aquel mismo instante oyó que se abría la puerta del baño y él entró en la cocina vestido únicamente con sus pantalones de algodón caqui y secándose el pelo con una toalla.

–Buenos días –la saludó–. ¿Tienes alguna cuchilla que me puedas prestar?

Ella parpadeó.

–No, me hago la cera en las piernas.

Carlos se pasó la mano por la barbilla.

–Entonces tendrás que aguantarme así. ¿Qué prefieres beber por la mañana? ¿Champán? ¿Vodka con zumo de naranja? Yo personalmente me decanto por los Bloody Mary –dejó la toalla y agarró la camisa que estaba en la silla–. Te lo has creído, ¿verdad? No me extraña que seas tan recelosa si tienes esa visión de mí.

Mia cerró la boca y trató de disimular su expresión de ingenua sorpresa. Luego confesó con una mueca que durante un instante se lo había creído.

–Supongo que te referías a si quiero café o té. En ese caso, té, por favor, sin leche ni azúcar. Y una tostada con mantequilla.

–Hecho –respondió Carlos haciendo amago de ponerse la camisa. Pero se dio cuenta de que estaba al revés y le dio la vuelta antes de volver a dejarla en la silla–. Pero te diré que hay ocasiones en las que el champán es estupendo para brindar por la mañana.

–¿En qué ocasiones? –preguntó ella alzando una ceja.

Carlos la observó y apretó los labios.

–Cuando un hombre y una mujer han pasado una noche para recordar –la miró intensamente con sus ojos grises.

Mia se sonrojó de los pies a la cabeza. Y por mucho que trató de apartar la mirada de la suya, no fue capaz.

–Está claro que a ti no te ha pasado –aseguró Carlos con un brillo travieso en los ojos.

–No –confesó ella con voz pausada a pesar de que sus pensamientos se agitaban a toda prisa–. Tal vez no sea un comportamiento habitual para las doncellas y sus hijas –afirmó con ironía.

Él frunció el ceño.

–Estás obsesionada con ese tema, ¿no es así, Mia?

Ella se mordió el labio inferior, pero decidió seguir adelante.

–Sí –afirmó con sequedad apartando el edredón–. Pero no quiero hablar de ello, gracias. Me gustaría entrar al baño.

–Claro.

Antes de que Mia tuviera tiempo de resistirse, se acercó a ella, la alzó en brazos y la dejó en la puerta del baño.

Mia apretó los dientes, pero no pudo hacer nada al respecto.

Cuando salió del baño, Carlos seguía sin camisa y había una humeante taza de té y una tostada esperándola en una bandeja. También había una selección de ropa limpia y planchada en el sofá. Unos vaqueros y una camiseta, y también ropa interior.

–No –le advirtió Carlos cuando la vio mirar la ropa interior con cierto sonrojo en las mejillas.

–¿No qué? –consiguió preguntar ella.

–No te pongas tímida ni te avergüences –le aclaró–. He visto bastantes sujetadores y braguitas en mi vida, así que no voy a excitarme y a saltar sobre ti. Y no podrías haber subido por las escaleras.

Mia cambió mentalmente de táctica y dijo con tono dulce:

–Muchas gracias, señor O'Connor.

Carlos pareció sorprendido durante un instante, luego agarró la camisa y chasqueó la lengua.

–¿Qué pasa? –preguntó Mia con la boca llena de tostada.

–¡Tiene más sangre! –la llevó al fregadero y empezó a frotarle una de las mangas.

–Lo siento –dijo ella con tono contrito mientras se bebía el té.

Carlos la miró con una chispa de curiosidad en la mirada.

–Si con un sorbo de té y una tostada te pones así, supongo que un desayuno entero obrará milagros.

Mia no tuvo más remedio que reírse.

–No sé, pero me encanta la primera taza de té.

Carlos aclaró la manga de la camisa, la escurrió y volvió a ponerla del derecho.

Mia dirigió la mirada hacia su espalda y frunció el ceño. Se sintió de pronto poseída por el irracional deseo de verse en una posición en la que pudiera deslizar las manos por aquellos poderosos músculos.

–Espera –dijo entonces–. ¿Qué te ha pasado en la espalda? Tienes un moratón negro y azul.

–Ya –Carlos miró más allá de su hombro–. No puedo verlo, pero eso ha sido tu maldito caballo.

Mia se llevó la mano a la boca.

–Pero te avisé.

–Y yo le dije que estaba avisado y que sería una estupidez por su parte intentar nada –Carlos se pasó la mano por el pelo–. Está claro que no hablamos el mismo lenguaje.

Mia empezó a reírse a carcajadas sin poder evitarlo.

–Lo siento. Lo siento –repitió–. Sé que no tiene gracia...

–¿Esperas que me lo crea? –la interrumpió él.

–Ya sabes a qué me refiero. En cualquier caso, será mejor que te pongas algo ahí.

Carlos agarró su propia taza de té y la dejó en la mesita auxiliar.

–No te preocupes por mí. Vamos a ver cómo tienes el pie.

Mia todavía se estaba riendo, pero sacó el pie obedientemente. Carlos le quitó la venda con cuidado.

–Todavía sangra un poco. Mira, voy a ir a casa de mis amigos a cambiarme de ropa y luego te llevaré a la clínica más cercana.

–No tienes por qué hacerlo.

Carlos se levantó para agarrar el botiquín.

–No empieces, Mia –le advirtió–. Y, por cierto, está lloviendo.

Ella miró por la ventana y se pasó la mano por la cara ante aquella visión gris y plomiza.

–Creí que era más temprano. Bueno, al menos hoy no tengo ningún evento.

–Menos mal –reconoció Carlos.

Ambos guardaron silencio mientras él le vendaba de nuevo el pie. Y de pronto, Mia dijo:

–Al parecer, siempre nos estamos vendando el uno al otro.

Carlos alzó la mirada.

–Eso mismo estaba pensando yo. La historia se repite.

–¿Qué habría pensado tu padre si te hubieras casado con alguien como yo?

Él frunció el ceño.

–¿Por qué me preguntas eso?

–Has dicho que su influencia era en cierto modo negativa. ¿Sabes por qué era así?

Carlos sonrió con algo de tristeza.

–Creo que tenía algo que ver con el hecho de que él había hecho todo el trabajo, había levantado la em-

presa de la nada, mientras que a sus ojos, yo lo había
tenido fácil. Buenos colegios, la universidad, los me-
dios para hacer lo que me viniera en gana...

Mia se quedó pensativa un instante.

–Eso no significa que no puedas conseguir cosas.
Da la impresión de que has alimentado los sueños de
tu padre y su empresa y los has llevado a mayores alturas.

Carlos se encogió de hombros.

–Así es, pero no creo que eso le hubiera satisfecho
tampoco –se quedó un instante mirando al vacío–. No
entiendo qué tiene que ver mi padre con nosotros –observó la expresión de Mia.

–Me preguntaba si te habría desheredado en caso
de que te hubieras casado con alguien que él no apro-
bara.

–No me cabe duda de que hubiera encontrado algo
que desaprobar, fuera quien fuera la persona –Carlos
hizo una pausa y miró a lo lejos con los ojos entornados, como si le hubieran tocado una fibra sensible.

–¿Por qué será así la gente? –preguntó ella.

Él entrelazó los dedos.

–Creo que es una lucha. Una batalla por superarse
con esfuerzo. Apoyada probablemente por una ambi-
ción que es como una fuerza viva –se miró las manos–.
Puede que me equivoque, pero no, no me habría desheredado. Hay otra variable que pesaba mucho sobre
mi padre: mi madre.

Mia parpadeó.

–¿Qué quieres decir?

–Ella nunca habría permitido que me desheredara
–Carlos torció el gesto–. No estoy seguro de que mi

padre tuviera tan claro que mi madre me defendería hasta el último aliento, como haría con él. Tiene un sentido muy acusado de la lealtad familiar.

Mia se quedó mirando un punto fijo mientras escuchaba la lluvia en el tejado. Luego se estremeció.

–Mia, ¿qué pasó exactamente aquella noche?

Ella le miró con asombro.

–¿No te acuerdas? –preguntó sin dar crédito a lo que oía.

–Recuerdo que me encontraba fatal y que sentía la urgente necesidad de estrecharte entre mis brazos, como si eso me fuera a ayudar a sentirme mejor. Y así fue –apretó los labios–. Luego recuerdo que nos reímos de algo, pero no recuerdo exactamente de qué se trataba...

–Me llamaste sardina –le recordó Mia.

Carlos parpadeó.

–¿Por qué demonios hice algo así?

–Lo que dijiste exactamente fue que dejara de retorcerme como una sardina atrapada –Mia lo dijo muy seria y con expresión grave, pero no pudo mantenerla al ver que los ojos grises de Carlos pasaban del asombro a la incredulidad y luego a la risa.

–Bueno, pero supongo que luego arreglaría las cosas, ¿no?

–A continuación me llamaste sirena. Y me besaste.

–De eso me acuerdo –Carlos deslizó la mirada a la boca de Mia, que tembló por dentro–. Pero de nada más –concluyó tras un largo instante.

Un largo instante en el que a Mia le temblaron las yemas de los dedos como si estuviera rozando su piel, como si estuviera deslizando los dedos por su oscuro cabello y por las sombras de su mandíbula.

Si lo hiciera, ¿le agarraría Carlos la muñeca y le besaría los nudillos, le desabrocharía los botones del pijama de cuadros para tocarle los senos?

Pensar en ello provocó que se le endurecieran los pezones y una oleada de calor le recorrió el cuerpo. Se removió incómoda y dijo precipitadamente:

—Eso es todo.

—¿Nada más? —insistió él escudriñando sus mejillas sonrojadas con el ceño fruncido.

—No. Te dormiste y yo me quedé allí. No quería despertarte. Sinceramente, no quería moverte —reconoció—. Creo que yo también debí de quedarme adormilada porque no oí la llegada de tu madre —vaciló un instante—. ¿Por qué lo preguntas?

—Entonces, ¿solo fue un beso y un abrazo?

Mia se lo quedó mirando.

—¿Creías que había pasado... algo más? —preguntó con voz temblorosa.

—No que yo recuerde, pero, como todavía te afecta tanto, me lo estaba empezando a preguntar —Carlos frunció el ceño.

Mia dejó escapar un suspiro.

—¿Crees que estoy haciendo una montaña de un grano de arena?

—No —Carlos cerró los ojos un instante y le tomó las manos.

Ella las retiró.

—Claro que sí. ¿Por qué no te largas y me dejas en paz, Carlos O'Connor? Y pensar que una vez pensé que estaba enamorada de ti... —Mia se interrumpió y se llevó una mano a la boca.

–No pasa nada. Ya lo sabía –Carlos se incorporó... y alguien llamó a la puerta.

–¿Estás presentable, Mia? –gritó Bill James–. Solo quería que supieras que ya estoy en casa... oh –se detuvo bruscamente cuando Carlos abrió la puerta.

Bill tenía sesenta y tantos años, pelo blanco y nariz romana. Sus pobladas cejas blancas estaban ocultas bajo la gorra mientras se fijaba en cada detalle de la escena que tenía delante.

Mia estaba en pijama y Carlos se estaba poniendo la camisa.

–Caramba –dijo–. Lo siento, no tenía ni idea. Me voy.

–Voy con usted –dijo Carlos–. Me acaban de echar. Te veré más tarde, Mia. ¿Crees que podrás arreglártelas hasta entonces?

–Sí –murmuró ella apretando los dientes–. Mi caballo necesita comer, Bill. ¿Te importaría...? Pero ten cuidado.

–Te voy a decir una cosa, Mia –afirmó Bill–. Ya es hora de que te libres de ese caballo. Es una amenaza.

–No podría estar más de acuerdo –Carlos extendió la mano hacia Bill y se presentó. Ambos salieron de la cabaña como si fueran amigos de toda la vida y cerraron la puerta tras ellos.

Entonces Mia agarró una almohada y la arrojó a la puerta.

–No puedo creer que hayas hecho todo esto –dijo Mia más tarde, cuando el deportivo entró en Bellbird y se detuvo frente a la casa principal. Jarreaba.

–¿Llevarte al médico? –Carlos alzó una ceja–. ¿Tendría que haber dejado que te desangraras hasta morir?

Mia chasqueó la lengua.

–Eso no iba a pasar.

–Seguía sangrando al presionar ligeramente –insistió Carlos.

Ella se miró el pie vendado. Le habían dado tres puntos en el talón y tenía una muleta.

–Muchas gracias –murmuró en tono tenso–. Está claro que no habría podido conducir. Pero no me refería a eso, sino a que llamaras a Gail anoche.

–Escucha, Mia –se explicó Carlos–, cuando fui a cerrar la puerta anoche vi que el número de teléfono de Gail estaba apuntado de forma visible en la pared de tu despacho, así que pensé que cuanto antes supiera que estás incapacitada, mejor. Iba a contártelo cuando volví a la cabaña, pero te habías dormido. ¿Cuál es el problema?

–Gail se volverá loca pensando que has pasado la noche conmigo y se estará imaginando todo tipo de escenarios salvajes –aseguró Mia–. Tú no la conoces. Es incapaz de guardarse nada para sí misma, y Bill es igual –añadió.

–¿A quién le importa? –preguntó Carlos–. Tú y yo sabemos la verdad, eso es lo único que importa, y además, en estos tiempos esas cosas no le importan a nadie. De acuerdo. Supongo que querrás ver a Gail, ¿verdad?

Mia asintió.

–Entonces haremos esto de un modo fácil.

Mia le miró con gesto interrogante, pero Carlos se

limitó a salir del coche y se bajó para abrirle la puerta. Luego la tomó en brazos y la llevó a la casa.

–Si yo fuera el dueño de este lugar construiría un aparcamiento subterráneo. ¿Tu despacho? –preguntó.

–Sí. Ah, hola, Gail –dijo ella–. ¿Te acuerdas del señor O'Connor?

–¡Mia! –exclamó la joven con dramatismo mientras revoloteaba a su alrededor–. ¿Estás bien? Me alegro de volver a verle, señor O'Connor. Tráigala por aquí. He puesto un cojín bajo su escritorio para que pueda apoyar el pie y he preparado café. Creo que nos vendrá bien a todos.

Después de la comida, Mia preguntó:

–Gail, ¿seguro que puedes ocuparte tú sola de todo? Tendrás que encargarte de lo que yo hago durante los próximos días y también de lo tuyo.

Gail vaciló.

–También está mi hermana, Kylie. Solo tiene catorce años, pero se le da muy bien la casa. Estoy segura de que me podrá ayudar, está de vacaciones en este momento.

–De acuerdo –Mia se sentó y agarró un sándwich de salmón–. Gracias por hacer la comida, Gail.

–No hay de qué –Gail sirvió el té–. Eh... ¿va a volver el señor O'Connor?

–No lo sé. Por cierto, Gail –Mia dio un sorbo de té–, ayer te confundí un poco. Mis padres trabajaban para los O'Connor, por eso conozco a Juanita y a su familia.

Gail dejó lentamente la tetera sobre la mesa.

–Entonces, ¿le conocías a él? –preguntó.

–Sí –Mia se estremeció por dentro al ver que Gail la miraba con absoluta curiosidad y lamentó haberse metido en aquel berenjenal–. Yo solo era la hija de la doncella y pensé que no me reconocerían.

–Pero sí te reconocieron, y por eso él volvió después de la boda –murmuró Gail–. Qué suerte tuviste. Me refiero a lo del pie.

«Me corté el pie porque salí huyendo de él», pensó Mia. Pero no lo dijo.

–Sí, tuve suerte –dijo entre dientes.

–¿Sabes qué? –Gail reacomodó la tetera–. Creo que va a seguir viniendo. Y no digo nada más.

Mia se quedó mirando a su ayudante con expresión frustrada.

–No puedes decir una cosa así y dejarlo en el aire.

–De acuerdo, te lo diré –Gail se puso de pie–. Entre vosotros hay química. Hay tensión en ti cuando lo tienes cerca y a él le gusta llevarte en brazos. No solo eso, también le divierte que eso te enfade. Le brillan los ojos con malicia cuando lo hace.

Mia se quedó mirando a su asistente con la boca abierta.

–Pero ya veremos –concluyó la joven saliendo del despacho.

Mia se quedó mirando la puerta. Luego miró el último sándwich de salmón que había en el plato y decidió comérselo. Después se recostó con un suspiro. Se sentía impotente y de mal humor.

Por supuesto, estar confinada y tener que andar con una muleta era suficiente para que alguien se sintiera impotente, pero también se trataba de una impotencia emocional.

¿Qué había pensado tantos años atrás que ocurriría entre Carlos y ella?

En aquel momento no tenía expectativas, todo sucedió de pronto y sí, debía reconocer que se preguntó si no se debería todo al golpe que Carlos se había dado en la cabeza. Pero también pensó que no era imposible del todo que se sintiera atraído por ella.

Luego tuvo lugar aquella horrible confrontación con Arancha y siguieron las semanas posteriores a su marcha de West Windward, cuando alimentó la secreta esperanza en su corazón de que Carlos la encontrara y le dijera a su madre que estaba equivocada, que la necesitaba, que la amaba.

Pero las semanas se convirtieron en un mes, y luego en dos, y Mia sintió que aquella frágil semilla moría. Y... ¿le odió?

No, pensó, aquello era lo más extraño de todo. En todo caso se odió a sí misma porque no podía odiarle, aunque desde luego sí odiaba a su madre.

Pero todavía más extraño fue que cuando se negó a dejarse llevar por la autocompasión y empezó a vivir otra vez, a salir y a quedar con chicos, no sucedió. No hubo ninguna atracción real, y las relaciones que pensaba que podrían convertirse en algo más profundo nunca llegaron a cuajar. Y todo por culpa de Carlos.

Gail entró en el despacho y buscó las llaves del coche.

Carlos no había vuelto tras dejar a Mia en la puerta después de la visita al médico, aunque dijo que volvería y se quedaría a pasar la noche. Así que Mia le había pedido a Gail que preparara dos de las habitaciones de la casa principal que nunca se utilizaban.

Gail la había mirado con los ojos entornados.

–Es mucho más confortable la cabaña, pero como tú quieras. Siento tener que irme antes de que él llegue –dijo Gail agitando las llaves del coche–, pero todo está bajo control y también está Bill. Lo de mañana no es un evento tan importante, son solo treinta personas a comer, un club de jardinería celebrando su día, así que estarán encantados recorriendo el jardín. Y me traeré a Kylie para que me eche una mano. ¿Seguro que vas a estar bien? Me quedaría hasta que llegara, pero tengo una cena con mis amigas.

–Estoy bien, te lo prometo, no te preocupes. Y tengo trabajo con los libros de contabilidad –Mia se inclinó sobre el escritorio y le tocó la mano a Gail–. Gracias, compañera. No sé qué haría sin ti.

Gail sonrió encantada.

Mia se recostó y oyó el motor de su coche alejándose. Entonces se pegó una palmada en la frente porque había olvidado pedirle a Gail que diera de comer a John Silver y le metiera en la cuadra para pasar la noche.

Un instante más tarde, sin embargo, oyó otro coche y dio por hecho que se trataba de Carlos. Pero frunció el ceño, porque el descapotable hacía un ruido inconfundible. Tenía razón: no era Carlos, era su vecina, Ginny Castle, y su hijo Harry, de doce años.

–Entra, Ginny –gritó cuando llamaron a la puerta–. Estoy en el despacho.

Ginny, una pelirroja alocada, entró sin parar de hablar, como era su costumbre.

–Me acabo de enterar de que te han puesto puntos en el pie. Mia, cariño, deberías tener más cuidado. Pero en cualquier caso, con Bill y Lucy fuera, ¿qué te parece si nos llevamos a John Silver a casa hasta que te recuperes? Harry puede montarlo y yo me ocuparé de él.

–Ginny, eres un amor –dijo Mia con auténtica gratitud–. Bill está en casa, pero lo cierto es que no se llevan muy bien.

–No es ningún problema. ¿Tienes alguien que te alimente a ti? –preguntó riéndose.

–Va a venir una persona, pero gracias de todas formas.

–Entonces nos vamos antes de que se haga de noche.

–Ten cuidado con el caballo, Harry –le advirtió Mia al niño–. Puede morder.

Harry sonrió.

–A mí no –afirmó dirigiéndose hacia la puerta–. La última vez que lo intentó le mordí yo a él. Hasta pronto, Mia.

Mia estaba todavía riéndose unos minutos más tarde cuando sonó el teléfono.

Contestó, pero cuando colgó un rato más tarde estaba pálida y le temblaban las manos. Dejó caer la cabeza entre las manos.

–¿Qué pasa?

Mia dio un respingo y se dio cuenta de que Carlos debía de haber llegado sin que ella se diera cuenta. Estaba lloviendo otra vez. Él se encontraba en el umbral de la puerta vestido con vaqueros y chaqueta de espiga y la miraba con el ceño fruncido.

–¿Te duele?

–No mucho. Bueno, lo que me duele es el corazón –reconoció intentando sonreír sin lograrlo–. Estoy a punto de perder Bellbird. Pero sabía que podía pasar, así que... –se encogió de hombros.

Carlos no dijo nada. Agarró la chaqueta que estaba colgada en el respaldo de la silla y se la dio.

–¿Por qué me das esto? No tengo frío.

–Podrías tenerlo. Vamos a salir.

–¿Salir a dónde? De verdad, no tengo ganas –le miró con el ceño fruncido–. No creas que puedes mandar a todo el mundo, Carlos –añadió porque se sentía herida y vencida.

–¿Puedes dejar de ser tan pesada, Mia? –le espetó él–. Vamos a salir a cenar te guste o no. No estás en condiciones de cocinar y a mí no se me da precisamente bien. Está lloviendo otra vez. ¿Quieres que te lleve en brazos al coche?

–No –se apresuró a decir ella. Se levantó, agarró la muleta y vio de reojo que la estaba mirando con ojos burlones. ¡Maldito fuera!–. Me las puedo arreglar sola.

–Bien –Carlos la miró durante un instante más y luego se giró para ir abriéndole las puertas.

Era un restaurante pequeño e íntimo de Blackheath, pero, cuando Carlos le preguntó qué quería comer, ella no pudo hacer nada más que limitarse a mirar la carta que tenía delante.

–De acuerdo, yo pediré por ti –se ofreció él.

Unos minutos más tarde tenía una copa de vino dorado en la mano, enseguida llegó el chuletón para él y una tortilla de hierbas para ella. Cuando se la hubo acabado entera se reclinó en la silla con cierta sorpresa.

–No sabía que tenía tanta hambre.

Carlos se acabó su chuletón.

–Y dime, ¿no te van a renovar el alquiler?

–No. Mis dos maravillosas ancianas se han desprendido de todas sus cosas y le han dado poderes a un abogado para que se ocupe de todo. Y le han cedido en vida Bellbird a su sobrino –jugueteó con la servilleta–. Y él ha decidido ponerlo a la venta.

–Lo siento.

Mia alzó la copa y le dio vueltas mientras veía agitarse el líquido.

–Pero ese no es el único problema –reconoció finalmente–. En el contrato de alquiler yo pedí que pusiera por escrito que en caso de que ocurriera algo así me avisaran al menos con seis meses de antelación por mis compromisos –hizo una breve pausa–. Seis meses no es mucho, hay gente que reserva de un año para otro, sobre todo en las bodas.

–Entonces, ¿tendrás que cancelar las reservas que sobrepasen el plazo de los seis meses?

Ella negó con la cabeza.

–No he aceptado ninguna reserva por encima de esa fecha, pero tengo muchos compromisos por debajo de ella. El problema es que el sobrino quiere impugnar la cláusula de aviso de seis meses.

Carlos entornó los ojos.

–¿Y puede hacerlo?

Mia suspiró.

–No lo sé. Me ha amenazado con el hecho de que sus tías tal vez no estuvieran en pleno uso de sus facultades mentales cuando firmaron el contrato de alquiler, que tal vez yo ejercí sobre ellas una influencia que no me correspondía –Mia movió la copa y volvió a suspirar–. Me da la impresión de que tiene problemas financieros y necesita vender Bellbird.

–Tal vez sea él quien haya influido en sus tías de manera injustificada –murmuró Carlos pensativo.

–Yo también lo he pensado, pero la idea de ir a los tribunales... –Mia sacudió la cabeza–. Aunque tal vez no tenga elección. Podrían demandarme a mí por no cumplir alguno de los compromisos que ya tengo adquiridos.

Carlos se reclinó en la silla y dejó la servilleta sobre la mesa.

–Aparte de eso, ¿estás segura de que podrás encontrar otro lugar y empezar de cero con el negocio? –preguntó.

Mia negó con la cabeza.

–Segura no. Tengo mariposas en el estómago, o mejor dicho, un miedo terrible de no conseguirlo. Pero lo intentaré con todas mis fuerzas.

Carlos apartó su plato de delante.

–No han sido dos días muy buenos.

–No –reconoció ella agarrando el pelo suelto con una mano y atándoselo por encima del hombro.

–Me gustas con el pelo suelto.

Mia alzó los ojos y sus miradas se encontraron por encima de la mesa. Y hubo algo en el modo en que la estaba mirando que le aceleró el pulso.

Que Dios la perdonara, pensó, pero sería tan fácil buscar consuelo y solaz de aquel golpe tan cruel en sus brazos... no sería solo eso, reconoció hundiéndose en la profundidad de sus ojos grises, sino algo que anhelaba.

Pero tenía que romper aquel hechizo. Hizo un esfuerzo por apartar la vista y parpadeó un par de veces.

–Mia –Carlos pronunció su nombre en voz baja.

–Cuéntame más cosas de Nina –se mordió el labio inferior, pero luego pensó que por qué no iba a preguntarle sobre ella–. No sé por qué me miras así, como si estuviera loca.

Carlos apretó los labios.

–Es que no veo la conexión –aseguró después de darle las gracias a la camarera que les sirvió el café.

Mia hizo un esfuerzo por controlarse.

–¿No ves la conexión? De acuerdo, vamos a dejar las cosas claras –afirmó con aspereza–. Vienes directamente de brazos de Nina French y ahora parece... parece... –se detuvo.

–¿Parece que estoy poseído por el deseo de tenerte y abrazarte? –terminó Carlos por ella apoyando el codo en la mesa y la barbilla en el puño–. Es algo curioso, porque ese deseo parece tener vida propia. No es susceptible a nada más de lo que ocurre a su alrededor. No sé si me entiendes.

Mia apartó la vista de él y luego volvió a mirarle.

–No sé si entiendo lo que quieres decir –dijo con incertidumbre.

–Es muy sencillo. Desde que me cayó en la cabeza aquella rama, solo me hace falta estar a tu lado para desearte, independientemente de las circunstancias que rodeen mi vida.

Mia se quedó muy quieta durante un largo instante y luego chasqueó la lengua con frustración y se puso de pie, dispuesta a irse.

–Eres imposible. De hecho, estás loco, Carlos O'Connor. Lo que dices no suena real, haces que parezca que estamos en una burbuja –afirmó con intensidad.

Se hizo un largo silencio y luego Mia dijo con voz pausada:

–Por eso quiero que me hables de Nina. Porque ella es real para ti.

Carlos se puso de pie y, para asombro de Mia, estaba de pronto muy serio.

–Nina y yo hemos terminado. Nunca debí dejar que llegáramos tan lejos, pero mi mayor deseo es que encuentre a alguien que la entienda mejor que yo. Alguien que la ame incluso cuando se pone tan difícil que resulta casi imposible hacerlo.

Mia parpadeó varias veces y se sentó.

Carlos se la quedó mirando durante un largo instante y a ella le impresionaron las duras líneas de su rostro. Luego él mismo se sentó también.

–Lo siento –dijo ella en voz baja–. No sabía que resultara tan doloroso para ti.

–¿Doloroso? –Carlos agarró su copa y la observó–. Ojalá supiera lo que ha sido.

Mia abrió la boca, pero luego decidió guardarse sus pensamientos para sí misma.

–¿Nos vamos? –preguntó–. Somos los únicos que quedamos y tal vez quieran cerrar. Iré un momento al baño.

–Claro –Carlos pidió la cuenta y cuando ella volvió la ayudó a subir al coche.

Seguía lloviendo.

–Maldición –murmuró Mia mientras se alejaban–. Mañana tengo la comida de un club de jardinería. Están deseando conocer los jardines de Bellbird.

–Mañana puede cambiar completamente la situación –afirmó Carlos.

Ella sonrió.

–Eso es lo que necesito. Pero dudo que haya muchos cambios, aunque tal vez salga el sol. Por cierto, Gail ha preparado dos habitaciones en la casa principal para esta noche.

–¿No te lo había dicho? –intervino él–. He cambiado los planes de esta noche. Gail va a venir a quedarse contigo cuando acabe su cena de chicas.

Mia abrió la boca.

–No, no me lo habías dicho. Ni Gail tampoco –murmuró Mia molesta.

–Ella no lo sabía, la he llamado por teléfono mientras tú estabas en el baño –Carlos giró hacia la entrada de Bellbird, y vieron las luces del coche de Gail, que iba delante de ellos–. He decidido volver esta noche a Sídney.

Ambos guardaron silencio hasta que llegaron a la puerta.

–No te atrevas a sacarme en brazos del coche –le advirtió Mia–. Me las puedo arreglar. Cuídate.

Mia le dio una palmadita en el brazo y salió apoyándose en la muleta.

–Tenías razón, Gail, es más acogedora la cabaña –reconoció Mia–. ¿Qué te parece si vamos allí, encendemos la chimenea y nos tomamos una copa de vino? Tengo malas noticias.

Mia se subió al coche de Gail.

–Algo sé –reconoció su asistente mientras conducía hacia la cabaña–. Carlos me ha contado un poco. Dijo que estabas un poco sensible y que te cuidara en su lugar hasta su regreso.

Mia se quedó mirando a Gail en la penumbra del coche.

–¿Ha dicho eso? Le gusta meterse en todo –gruñó Mia, presa de una emoción que no lograba identificar. ¿Era rabia por su intromisión? ¿Impotencia? ¿O un pequeño eco en su corazón que le decía lo maravilloso que sería poder apoyarse en Carlos para pedirle consejo y buscar apoyo?

Gail se detuvo en la entrada de la cabaña.

–Si yo tuviera a Carlos O'Connor a mi lado –afirmó como si le hubiera leído el pensamiento–, y supiera que piensa en mí, estaría más contenta que tú. Bueno, ¿qué te parece si pasamos, entramos en calor y nos tomamos esa copa de vino?

Capítulo 4

E L SOL decidió salir al día siguiente para la comida del club de jardinería, y Gail, con la ayuda de su hermana Kylie, se las arregló de maravilla.

Mia pasó la mayor parte del día en el despacho hablando por teléfono y trabajando con el ordenador. Se había pasado la noche dando vueltas en la cama pensando en que iba a perder Bellbird y en que Carlos seguía enamorado de Nina por mucho que él deseara que no fuera así.

Solo tenía veinticuatro horas para darle una respuesta al nuevo dueño de Bellbird, pero no sabía si ir a juicio o no.

Finalmente, a última hora de la tarde, cuando todos los clientes se habían marchado, el aire fresco la impulsó a salir al jardín. Se acercó a un banco y se sentó. La luz del sol le calentaba la piel; llevaba puesto un vestido veraniego de color verde que le hacía juego con los ojos y se había recogido el pelo en una tirante coleta.

Los jardines eran preciosos. La lluvia los había refrescado, las abejas revoloteaban alrededor de las flores y el aire estaba cargado de esencias delicadas.

«No llores», se dijo mientras cerraba los ojos y se dejaba llevar por la magia del lugar.

Fue el motor del coche de Carlos lo que la sacó de su ensoñación.

Abrió los ojos y le vio detenerse frente a la casa principal. Le vio salir, estirarse, y entrar.

Carlos, pensó con una repentina punzada de dolor. A pesar de sus problemas, había estado pensando también en Carlos y en Nina toda la noche. Por lo que él le había contado, le daba la impresión de que no podían estar juntos pero tampoco vivir el uno sin el otro. Tenía que olvidarse de él. Nunca había sido suyo y nunca lo sería.

Esa vez fue el sonido del cristal lo que la despertó de sus ensoñaciones. Abrió los ojos y vio a Carlos cruzando el sendero hacia ella con una bandeja con una jarra y un par de vasos.

Iba vestido con vaqueros, botas y una camisa de rayas azules y blancas con el cuello abierto y las mangas subidas. Estaba imposiblemente atractivo.

–Hola –dijo Mia aspirando con fuerza el aire–. Bienvenido otra vez, pero si eso es alcohol creo que me abstendré.

Carlos sonrió.

–Gail me ha dicho que anoche os bebisteis una botella entera de vino. No, es zumo de frutas recién hecho –dejó la bandeja en una mesa de hierro forjado y se sentó a su lado en el banco–. ¿Qué tal el pie?

–No está mal. Ya me estoy acostumbrando a la muleta –Mia vaciló un instante–. No sabía si ibas a volver. No hacía falta. Me están cuidando muy bien. Pero de todas formas, te agradezco tu ayuda –se apresuró a aclarar.

–Bien –Carlos le sirvió un vaso de zumo y se lo pasó–. ¿Y qué tal te ha ido el día?

Mia suspiró.

–Bastante descorazonador. Todavía no se me ha ocurrido ninguna alternativa y no sé si ir a juicio o no –se encogió de hombros–. Pero ya lo pensaré mañana, como Escarlata O'Hara.

–Verás, tengo una noticia para ti... lo he comprado.

–¿Qué has comprado? –preguntó Mia automáticamente.

–Este lugar –Carlos lo señaló con un gesto–. He comprado Bellbird.

Mia se atragantó con el zumo. Se giró hacia él y le miró con los ojos muy abiertos y sin entender nada.

–¿Lo has comprado? –preguntó finalmente con un hilo de voz–. ¿Por qué?

Carlos se reclinó hacia delante con las manos entre las rodillas.

–Para que puedas quedarte. Te lo alquilaré durante todo el tiempo que quieras. Pero hay otras razones. Tengo metida en la cabeza la imagen de una niña con un largo vestido blanco y un sombrero enorme jugando a ser una dama. Una niña con el pelo negro como la noche y los ojos verdes. Espera –murmuró cuando ella se revolvió–. Déjame acabar.

Carlos se quedó un instante pensativo.

–Una niña a la que admiraba y...

–Y por la que sentías lástima –le interrumpió Mia con un nudo en la garganta–. Por favor, no sigas.

Carlos le puso la mano en la rodilla.

–No, no siento lástima por ti, Mia. Pero quiero saldar mis deudas.

–No me debes nada.

–Claro que sí –afirmó él–. Entre mi madre y yo debimos de convertir tu vida en un infierno. Y también debo disculparme por la frivolidad con la que describí el efecto que causas en mí.

Mia parpadeó.

–No es que no suceda –añadió Carlos–. Pero tienes razón, hay algo un poco irreal en ello.

Mia se estremeció por dentro y se recriminó al instante su estupidez. ¿Por qué le dolía? Le había dicho unas horas atrás que no era para ella, que nunca lo sería. Así que decidió centrarse en el hecho de que había comprado Bellbird.

–No puedo creer que lo hayas comprado –murmuró.

Carlos se encogió de hombros.

–Es un pedacito de cielo. ¿Quién no lo querría si pudiera tenerlo? Además, en el contrato de compra se incluye una cláusula por la que yo me hago cargo del alquiler y me deduzco una cantidad compensatoria del precio de venta.

Mia parpadeó.

–No sé qué decir. Ojalá no lo hubieras hecho –fue un sentimiento que le surgió inesperadamente, pero era cierto. A pesar de todo lo que sentía por la propiedad y por su negocio, Mia lamentaba que lo hubiera hecho.

–¿Por qué?

Ella entrelazó los dedos.

–Porque hace que me sienta en deuda contigo –murmuró–. Y también me coloca en una posición imposible. Me lleva a pensar que como has comprado Bellbird por mí, tendría que hacer todo lo que tú quieras por gratitud.

–No creerás que voy a chantajearte con esto, ¿verdad? –preguntó Carlos con sequedad.

Mia guardó silencio.

—Si no quieres quedarte, tienes tus seis meses para liberarte de cualquier compromiso del contrato, y luego podríamos ir cada uno por su lado —Carlos se cruzó de brazos y estiró las piernas—. Pero al menos sabría que he hecho todo lo que he podido para compensarte por lo que ocurrió hace siete años.

Mia se puso de pie de un salto echando chispas por los ojos y se cayó cuando el talón herido tocó el suelo.

Carlos se puso de pie al instante, la ayudó a levantarse y la sostuvo entre sus brazos mientras ella se retorcía.

—Vamos, ¿qué diablos crees que voy a hacer? Toma —le tendió la muleta y le puso las manos en las caderas hasta que recuperó el equilibrio.

Mia aspiró con fuerza el aire para recuperar la compostura y Carlos se sentó y apuró su zumo.

—Adelante, soy todo oídos.

—De acuerdo —Mia apretó los dientes porque de pronto se le llenaron los ojos de lágrimas—. Nunca perdonaré a tu madre por lo que hizo, por cómo me hizo sentir. Nunca te perdonaré a ti por no haberme buscado para ver cómo estaba —se echó a llorar y se dio cuenta de que tal vez hubieran pasado siete años, pero era la verdad.

—Mia...

Ella le hizo un gesto para que guardara silencio.

—Tampoco le perdonaré nunca a tu madre que haya vuelto a mi vida y me haya humillado una vez más. Esto —hizo un gesto señalando Bellbird—, no puede cambiar eso, y si me quedara sería horrible para mí porque seguiría sintiendo lo mismo, ¿lo entiendes?

–De acuerdo –Carlos se puso de pie y colocó los vasos en la bandeja–. Pero yo te aconsejaría que te quedaras los seis meses acordados. Los juicios pueden costar una fortuna. No te preocupes –la miró con expresión burlona–. No te molestaré.

Mia se dio cuenta de que estaba temblando de la cabeza a los pies y de que las lágrimas le corrían por las mejillas.

–Mira, lo siento si...

–Olvídalo –la atajó Carlos–. Es mejor no andarse por las ramas. Sujeta la muleta.

Ella alzó la vista.

–¿Qué quieres decir?

–Esta será sin duda la última vez, Mia –Carlos cargó con ella y se dirigió al camino.

Mia se quedó completamente paralizada, porque aparte de besarla, no podría haber hecho nada que afectara a sus sentidos de forma más drástica. Sentirse acunada contra su cuerpo duro y tonificado, inhalar su tentador aroma a sudor y algodón limpio, le provocó oleadas de deseo.

Cuando llegaron a la casa, Carlos la dejó delicadamente en el suelo, esperó a que estuviera bien apoyada en la muleta y luego la besó en la boca mientras le sujetaba la cabeza con la mano.

–Cuídate –le dijo con los ojos brillantes.

Se aseguró de que estuviera otra vez bien apoyada y luego se marchó hacia el coche.

Fue Gail quien apareció a su lado mientras Carlos aceleraba y se iba. Fue Gail la que le pasó el brazo por los temblorosos hombros y la acompañó dentro.

Capítulo 5

SEIS semanas más tarde, Mia colgó el teléfono y se quedó mirando al infinito. La cabeza le daba vueltas.

Todavía estaba en Bellbird, tras pensárselo mucho y consultar con un abogado, escribió a Carlos para decirle que le gustaría quedarse los seis meses que figuraban en el contrato original. Recibió una respuesta escrita y firmada por su secretaria en la que accedía a su propuesta.

Gail pasaba en aquel momento por la puerta del despacho con una pila de manteles en los brazos. Se detuvo y alzó las cejas hacia su jefa en un gesto de interrogación.

—Era Carol Manning —le dijo Mia preocupada—. La secretaria de Carlos.

Gail entró en el despacho y dejó los manteles sobre una silla.

—¿Qué quiere?

—Una comida para cuarenta personas la semana que viene. Van a celebrar una especie de conferencia durante los dos días anteriores y han decidido cerrar el evento con una comida.

—No se puede decir que haya avisado con mucho

tiempo –comentó Gail–. Menos mal que tenías un día libre.

–Carlos tenía planeado algo distinto, un crucero por el puerto, pero el pronóstico del tiempo anuncia lluvias y viento en Sídney. Aquí estará mejor. Aunque no puedo evitar preguntarme por qué no ha escogido otro sitio.

Gail torció el gesto.

–¿Por qué iba a hacerlo, si es el dueño del mejor lugar?

Mia sonrió sin ganas.

–En cualquier caso, preferiría que hubiera escogido otro lugar.

–Lo entiendo, considerando cómo terminaron las cosas entre vosotros dos –Gail recogió los manteles–. No te he preguntado nada, pero tengo ojos.

–Gail, has sido una torre de fortaleza y te agradezco mucho que no me hayas hecho ninguna pregunta –afirmó Mia con cariño–. Es que... no estoy muy segura de cómo voy a estar.

–¡Vas a estar bien! Al menos ya puedes caminar sobre los dos pies. De acuerdo –Gail dejó otra vez los manteles en la silla y se sentó frente a Mia–. Vamos a ayudar a que estés todavía mejor. Vamos a dejarles impresionados. Organicemos la mejor comida que hayan celebrado en su vida. ¿De qué trata la conferencia?

–De caballos –respondió Mia–. La empresa de Carlos tiene pensado construir un centro ecuestre con establos, cuadras, pistas para trotar, hospital veterinario, piscina para caballos y todo lo demás. En la conferencia habrá entrenadores, veterinarios y jinetes.

–A mí me encantan los caballos –murmuró Gail pensativa.

–Y a mí –Mia mordisqueó la punta del lápiz que tenía en la mano–. Eres un genio, Gail. Acabo de tener una gran idea gracias a ti. Como sabes, una de las carreras de caballos más famosas del mundo es el Derby de Kentucky.

Mia se giró hacia el ordenador y deslizó los dedos por el teclado mientras hacía varias búsquedas.

–Tiene mucha tradición. Se bebe julepe de menta, y se come una especie de guiso con ternera, pollo, cerdo y verdura –Mia leyó la pantalla–. Al parecer, envuelven al caballo ganador en una manta tejida con quinientas cincuenta y cuatro rosas –alzó la vista para mirar a Gail–. No tenemos que utilizar tantas, pero necesitamos un caballo.

–Desde luego, no podemos contar con John Silver. Mordería a todo el mundo –objetó Gail.

–No, pero no sé con qué sustituirlo. Aunque aparte de eso, ¿no estaría bien servir julepes de menta, el guiso con una receta auténtica y que los camareros fueran vestidos como jockeys?

Gail parpadeó.

–Si quieres saber mi opinión, lo del julepe de menta me parece un poco peligroso.

–Los invitados llegarán en autobús, así que no hay que preocuparse de que beban y conduzcan. Un caballo, un caballo –murmuró Mia–. Mi reino por un caballo.

–Mi madre tiene uno, es un balancín de madera y es casi tan grande como uno de verdad. Es una antigüedad.

–Oh, Gail, ¿crees que nos lo prestaría?

–Se lo podemos preguntar. ¿Qué más necesitamos?

–Música de Stephen Foster, pero estoy segura de que eso puedo encontrarlo. De acuerdo –Mia se incorporó–. No tendré tiempo para pensar en nada más.

–¿Quinientas cincuenta y cuatro rosas? –exclamó Bill James con incredulidad–. Debes de estar loca, Mia.

–Déjame terminar –le pidió ella con impaciencia–. Te estaba diciendo que no utilizaremos tantas, pero necesitaremos algunas. Así que tienes que estar preparado.

Bill resopló y la miró de reojo.

–Estás muy susceptible, Mia. Y no solo eso, también te encuentro muy pálida. Yo en tu lugar le diría a ese novio tuyo que volviera.

Mia iba a decir algo, pero se atragantó y optó por darse la vuelta y marcharse.

Para su consternación, se pasó la noche dando vueltas en la cama la noche anterior a la comida de Carlos. Finalmente se levantó, bajó del altillo por la escalera, puso algo de leña en la estufa y se preparó una taza de chocolate.

En las seis semanas que habían pasado desde que vio a Carlos por última vez, había tenido días en los que estaba convencida de que había hecho lo correcto. El hecho de aceptar los seis meses había ido contra sus convicciones. Hacía que se sintiera como el objeto de una obra de caridad. Por muy poco razonable que pudiera parecer, hacía que se sintiera una vez más la hija de la doncella.

Pero otros días pensaba que debía de estar un poco loca por haber rechazado la oportunidad de seguir en Bellbird.

¿Por qué no podía haberse tragado el orgullo? Después de todo, aquel había sido su sueño hasta unas semanas atrás. Incluso ahora, mientras buscaba nuevas propiedades para mudarse cuando se terminara el plazo, se le rompía el corazón ante la idea de marcharse.

Pero aquello era una tontería, pensó dándole un sorbo a su chocolate. Solo se trataba de un sitio.

Y él solo era un hombre, pero le gustara o no, llevaba mucho tiempo enamorada de Carlos y seguramente siempre lo estaría.

Se quedó mirando el fuego y se estremeció, no de frío, sino de miedo. Se sentía asustada y pequeña porque estaba confundida, porque a veces se sentía tentada a pensar que podía amar a Carlos mucho mejor de lo que lo había hecho Nina French.

De hecho, la idea de amar a Carlos era algo que ocupaba sus horas tanto despierta como dormida.

Era una locura. En cuanto le dijo que nunca podría perdonarle, en cuanto le aseguró que desearía que no hubiera comprado Bellbird, empezó a sentir como si le faltara algo en cierto sentido.

Le echaba de menos. Temblaba en secreto de deseo por él. Echaba de menos el modo en que engatusaba a la gente, como a Gail. Echaba desesperadamente de menos cómo se echaba el pelo hacia atrás, cómo la miraba con ojos risueños mientras mantenía una ex-

presión grave. Cómo se sentía cuando la llevaba en
brazos...

A la mañana siguiente, Mia se vistió cuidadosa-
mente con una falda y una blusa de seda.

Se recogió el pelo hacia atrás, pero utilizó un pañuelo de color lila para suavizar la formalidad del estilo. Luego, tras comprobar con los encargados del catering que el estofado estaba saliendo bien, se dio una
última vuelta por el comedor.

Colocado en un lugar de honor, sobre una tarima,
estaba el caballo balancín de la madre de Gail. Lucía
espectacular bajo la manta de rosas, que era una obra
de arte aunque no se hubieran utilizado ni por asomo
quinientas cincuenta y cuatro rosas. Y en el centro de
la estancia había una escultura de hielo de una yegua
con su potro a los pies.

De fondo sonaba suavemente *My Old Kentucky
Home* y las camareras, vestidas con atuendo de jock-
ey, esperaban para servir los julepes de menta.

Entonces llegaron los invitados y Mia contuvo el
aliento mientras se distribuían por el comedor, pero se
tranquilizó al escuchar los sonidos maravillados y los
comentarios admirativos. Buscó con la mirada a Gail,
que estaba al fondo del comedor, y ambas levantaron
los pulgares.

No había ni rastro de Carlos, pero Carol Manning
se había presentado.

–Debe de estar a punto de llegar –dijo con obvia frustración–. Suele llegar tarde siempre.

–Lo sé, llegó tarde a la boda de su hermana –dijo

Mia. Luego se mordió el labio inferior–. ¿No ha venido en el autobús?

–¿En el autobús? Nadie se sube a uno cuando se tiene un coche como el suyo –respondió Carol Manning mirándola más de cerca–. Así que tú eres Mia Gardiner. ¿Qué tal estás? –miró a su alrededor con los ojos muy abiertos–. Debo decir que entiendo por qué el señor O'Connor ha decidido contar contigo para esta comida. Es muy inspirador. Ah, aquí está –señaló con la cabeza la entrada del comedor.

Carlos estaba en el umbral y miraba a su alrededor.

Llevaba un traje gris hecho a medida, camisa azul pálido y corbata azul marino. Entonces esbozó una media sonrisa, cruzó la estancia, y, durante un instante, Mia pensó que iba a desmayarse bajo el poderoso impacto de su belleza, su virilidad y lo que antes sentía por él.

–Buen trabajo, señorita Gardiner –dijo–. Muy buen trabajo. ¿Qué tal el pie?

–Muy bien, gracias, señor O'Connor –murmuró ella–. Espero que disfrute de la comida.

Y, dicho aquello, se marchó discretamente de allí.

–Así que estás aquí.

Mia alzó la vista sobresaltada. Estaba en su cabaña tras haber despedido, o eso creía ella, al último de los invitados a la comida.

Había sido un gran éxito, sin lugar a dudas. No había visto a Carlos por ninguna parte, ni tampoco su coche.

–Pensé que te habías ido –dijo Mia.

–¿Eso es lo que te habría gustado? No importa. En realidad fui a ver a la madre de Gail –Carlos se sentó al lado de la mesa de la cocina.

–¿Para qué? –preguntó Mia frunciendo el ceño.

–Gail me contó que ella había tejido la manta de las rosas, así que fui a darle las gracias.

–Eso es muy amable por tu parte –reconoció ella.

–Pareces sorprendida.

–No, siempre he sabido que podías ser muy amable –aseguró Mia–. ¿Qué es lo que quieres, Carlos? –le preguntó precipitadamente–. No tenemos nada más que decirnos el uno al otro.

Él alzó una ceja.

–Me da la sensación de que has perdido peso. ¿Te resulta duro mantener una postura tan indignada?

Mia contuvo el aliento.

–¿Cómo te atreves? ¡No es eso!

–Entonces, ¿qué es?

–Lo que quiero decir es que no he perdido peso –se corrigió ella.

Era mentira, pero no estaba preparada para admitirlo ante Carlos.

–Según Bill, no solo tienes mal aspecto, sino que además estás picajosa y resulta difícil trabajar contigo.

Mia abrió la boca y luego volvió a cerrarla.

–¿Resulta difícil trabajar conmigo? –repitió furiosa–. Si hay alguien con quien resulta difícil trabajar, ese es Bill. ¿Acaso sabes lo que he tenido que aguantarle el mes que Lucy ha estado fuera con sus nietos? –jadeó ella.

Carlos observó el modo en que el pecho le subía y le bajaba bajo la blusa negra y luego la miró a los ojos.

–Si te sirve de algo, a veces yo también estoy como un tigre enjaulado.

Mia entreabrió los labios.

–¿Por qué? –susurró.

–Porque a pesar de todo te deseo. Pensé que tal vez tú estarías pasando por la misma dificultad.

Ella pasó del pálido al rojo de un modo que dejaba clarísimo que así era.

–Yo... yo... –comenzó a decir.

Pero no pudo continuar.

Carlos dio un paso adelante, pero fue entonces cuando sonó el teléfono. Estaba sobre la mesa de la cocina y Mia pensaba ignorarlo, pero vio el nombre de su madre en la pantalla y lo agarró para responder.

Le resultó imposible contener las lágrimas cuando terminó la llamada, y estaba completamente pálida.

–¿Qué ha pasado? –preguntó Carlos.

–Mi padre ha tenido un derrame cerebral. Tengo que ir, pero tardaré horas en salir de esta montaña y en llegar a Ballina –Mia se retorció las manos.

–No –Carlos sacó su teléfono y marcó varios números.

Media hora más tarde, Mia estaba bajando la montaña en el asiento del copiloto del deportivo de Carlos, y cuando llegaron al aeropuerto de Sídney se subió al helicóptero que él había llamado.

–Habrá un coche en el aeropuerto que te llevará al hospital –le dijo justo antes de que ella abordara el helicóptero.

–No sé cómo darte las gracias.

–No te preocupes por eso.

Mia se dio la vuelta para subir, pero se giró siguiendo un impulso y le besó fugazmente.

–Gracias –le dijo desde el fondo de su corazón.

Una semana más tarde, su padre, que había sido trasladado al hospital de Lismore, empezó a recuperarse.

Iba a necesitar varios meses de fisioterapia para recuperar la movilidad, pero las perspectivas eran buenas. Y su madre había dejado de ser una persona atemorizada y encerrada en sí misma para convertirse otra vez en la mujer positiva y práctica que siempre había sido.

–Creo que vamos a traspasar el negocio –le dijo a Mia–. Aparte de los pájaros y la jardinería, tu padre siempre ha tenido otra ilusión: recorrer Australia. Creo que ha llegado el momento de comprar una caravana y hacerlo cuando se haya recuperado.

–¿Por qué no? –respondió Mia.

Su madre la miró entonces con ojo crítico y le dijo que daba la impresión de que necesitaba un descanso.

Mia estuvo de acuerdo con ella, pero no le dijo que se sentía como si le hubiera pasado por encima un autobús. Lo que hizo fue comentarle que tenía pensado tomarse un par de días libres antes de volver a Mount Wilson, ya que Gail parecía arreglárselas bien sin ella.

La madre de Mia no parecía muy convencida con

la eficacia de «un par de días», pero la animó a tomár-
selos.

Mia fue a la bahía de Byron, al sur de la frontera
de Queensland, el punto más oriental de Australia.

Se alojó en una posada de lujo situada frente a la
playa, y el primer día durmió varias horas.

Luego se dio un paseo por la playa al atardecer.

Era un paisaje precioso, el cielo rosa atravesado
por las nubes, el brillo plateado que cruzaba las plácidas
aguas y el blanco faro de cabo Byron.

Se remangó los vaqueros y se mojó las piernas en
el mar. Tenía el pelo suelto y salvaje. Llevaba una camiseta de color turquesa y se había atado una sudadera
a la cintura. En el camino de regreso se detuvo para
ponérsela mientras el rosa del atardecer desaparecía
del cielo y el aire se volvía más fresco.

Fue entonces cuando vio aquella figura alta en la
playa, en el club de surf.

Una figura alta inconfundible para ella: Carlos.

No vaciló. Se estiró la sudadera y avanzó hacia él.

–No sabía que estuvieras aquí, Carlos.

–No lo estaba, acabo de llegar. Tu madre me dijo
que estarías aquí.

–¿Has hablado con mi madre?

Él asintió.

–Y con tu padre. Fui a verles.

–Les habrá encantado. Un millón de gracias. ¿Dónde
te alojas?

Carlos le tomó la mano y le acarició la cara. Luego
le colocó el pelo detrás de las orejas.

–Contigo, Mia. Contigo si me aceptas.

Ella aspiró con fuerza el aire y una leve sonrisa le curvó los labios.

–Está justo al otro lado del paseo marítimo –dijo con serenidad.

–Me gusta cómo lo haces –murmuró Mia.

Estaba tumbada desnuda en la cama de matrimonio y tenía el cuerpo encendido por sus caricias. Carlos no dejaba ningún rincón sin explorar.

–Pero creo que necesito que me abraces antes de... no sé, pero creo que me va a suceder algo si no lo haces –murmuró con un temblor en la voz.

Él se rio travieso y la estrechó entre sus brazos.

–¿Y eso?

–Gracias –Mia le rodeó con sus brazos y le besó la fuerte y bronceada columna del cuello–. ¿Sabes qué? No me lo puedo creer.

–¿Qué es lo que no te puedes creer? –Carlos le agarró el trasero.

–Lo maravilloso que es estar aquí en la cama contigo –aseguró ella con sincero asombro. Se apoyó en un codo y le miró muy seria–. No es demasiado aburrido para ti, ¿verdad?

–¿Aburrido? –repitió Carlos con el mismo asombro apartando las manos de sus caderas para cubrirle los senos.

Los pezones de Mia se pusieron duros mientras se los acariciaba. Jadeó un poco.

Carlos la miró a los ojos.

–¿Aburrido? –repitió mordiéndole el labio inferior mientras ella se retorcía contra él–. Todo lo contrario. Pero ¿estás lista para mí, Mia?

–Mucho más que eso. Estoy que me muero –jadeó ella cuando Carlos la tumbó boca arriba y apoyó su cuerpo contra el suyo.

Estaba tan lista para recibirle que en cuestión de minutos el ritmo de su acto amoroso aumentó y no hubo absolutamente nada de aburrido en el modo en que se movieron juntos hasta que finalmente alcanzaron el clímax a la vez. Fue algo salvaje, desatado y maravilloso.

De hecho, Mia estuvo unos minutos sin poder hablar después mientras se acurrucaba entre sus brazos, con el cuerpo húmedo por el sudor y el pelo revuelto sobre la almohada. Y emitió un leve sonido de protesta cuando Carlos se movió.

–No pasa nada –la tranquilizó subiendo la sábana–. No voy a ir a ninguna parte.

Mia se relajó.

Mia estaba al día siguiente sentada en la playa con las piernas cruzadas, dejando deslizar la arena entre los dedos mientras veía cómo Carlos hacía body-surfing en la playa.

Se había rendido con el pelo y no se había molestado ni en recogérselo. Llevaba unos pantalones cortos blancos y la camiseta turquesa, estaba descalza y se había puesto la sudadera de Carlos para protegerse de la brisa.

Le quedaba enorme, pero no solo le servía para no pasar frío, también era como si él la estuviera abrazando.

Estaba sonriendo sin saber por qué.

—Hola —Carlos estaba frente a ella. Las gotas de agua le resbalaban por el cuerpo bronceado—. ¿Por qué sonríes? ¿Ha pasado algo divertido?

—No —aseguró ella—. Ah, quieres tu sudadera —Mia empezó a quitársela.

—No, quédatela —le ofreció Carlos—. Usaré la toalla. ¡Y ahora te estás riendo! —miró a su alrededor—. ¿Qué es lo que pasa? —tomó asiento a su lado.

—Se trata de mí —confesó Mia.

Carlos torció el gesto.

—¿Y qué te hace tanta gracia de ti?

—¿Sabes esas mujeres estereotipadas que salen en las películas, que parece que van flotando en una nube cuando han hecho el amor con alguien?

Carlos se secó el pelo con la toalla y la miró con gesto interrogante.

Mia asintió vigorosamente con la cabeza.

—Sí, así estoy yo esta mañana. O como uno de esos emoticonos sonrientes del ordenador.

Carlos empezó a reírse, la estrechó entre sus brazos y la tumbó en la arena.

—Estás loca —bromeó.

—Y tú eres maravilloso —replicó ella—. Y hacer el amor contigo ha conseguido que me pase también otra cosa.

—Me da miedo preguntar —aseguró Carlos.

—Podría comerme un caballo —confesó ella—. Estoy muerta de hambre.

–Ah –Carlos se incorporó con ella todavía en bra-zos–. Ahora hablamos el mismo idioma. Vamos.

Regresaron a la habitación y Mia se duchó mien-tras Carlos pedía el desayuno.

Cuando salió de la ducha, el desayuno no había lle-gado todavía, pero había una botella de champán en una cubitera de hielo sobre la mesa, junto a dos copas de flauta y una jarra de zumo de naranja.

–Oh –murmuró Mia recordando su conversación sobre las celebraciones matinales con champán–. Pe-ligroso y delicioso.

Carlos se había duchado en la playa y llevaba puestos unos pantalones cortos de color caqui y una camisa blanca. Todavía tenía el pelo húmedo y estaba descalzo. A Mia empezó a latirle el corazón con más fuerza, y, cuando se acercó para acariciarla sobre el colorido pareo de algodón, el fuego que había despertado en ella la no-che anterior volvió a surgir. Mia tembló, le pasó las ma-nos por la cintura y apoyó la cabeza sobre su pecho.

–No deberías hacerlo –murmuró con voz ronca.

Carlos le trazó la línea del cuello con los dedos.

–¿Qué no debería hacer?

–Tocarme. Provoca una reacción en cadena.

Él se rio suavemente y le besó la coronilla.

–No eres la única.

Llamaron a la puerta.

Y ellos se separaron riéndose.

Fue un día maravilloso.

Mia habló largamente con sus padres, y luego se

dirigieron hacia el faro después de comer y fueron re-
compensados con la visión de una manada de ballenas
que surcaban el mar azul rumbo al sur.

–Las ballenas tienen algo que siempre me emo-
ciona –reconoció Mia cuando se sentaron en un banco
desde el que podían ver el mar y también las playas
protegidas, Mount Warning y Julian Rocks.

–Creo que es porque son muy grandes y tienen que
hacer un viaje asombroso –Carlos le pasó un brazo
por los hombros–. No llores.

Ella sorbió el aire.

–No estoy llorando.

–¿Qué te parece si salimos esta noche a cenar?
–preguntó Carlos estirando las piernas.

–Sí, no estaría mal. ¿Hay alguna razón especial?

Carlos se quedó pensativo un instante.

–Toca un grupo en el restaurante que hay al lado
de la posada –afirmó–. Así que podemos cenar y bai-
lar.

–Suena bien.

–Pero tengo un motivo más –continuó él–. Creo
que me encantaría ver una versión realmente glamurosa de ti, completamente arreglada, y tener la seguridad de que cuando volvamos a la habitación podré
deshacerlo todo.

Mia se atragantó.

–Eso es diabólico.

Carlos le quitó el brazo de los hombros y se inclinó
hacia delante tomándola de la mano.

–Te gustará, te lo prometo.

–Seguramente –reconoció ella–. Siempre y cuando
yo fuera capaz de quedarme sentada y cenar tranqui-

lamente con eso en la cabeza. En cualquier caso –hizo una pausa dramática–, hay un problema.

Carlos alzó una ceja.

–No he traído ropa elegante.

–Bueno, mira, mientras yo hago algunas llamadas, ¿por qué no vas a hacer una terapia de compras?

Mia apretó los labios.

–¿Crees que debería?

–Estoy convencido. He descubierto que después del sexo, y a veces incluso por encima, la terapia de compras hace maravillas en las chicas.

Mia puso los ojos en blanco y trató de no hacer ningún comentario ante aquella afirmación tan machista.

–¿No estás de acuerdo? –quiso saber Carlos.

Mia le miró. Todavía llevaba los pantalones cortos de color caqui y la camisa blanca. La brisa le alborotaba el pelo y el fino algodón de la camisa.

Tenía un aspecto grandioso, completamente relajado y pecaminosamente atractivo con aquella ceja oscura levantada mientras la miraba, como si supiera exactamente lo que se le pasaba por la cabeza.

Mia se encogió de hombros.

–No me importaría un poco de terapia de compras –esperó un momento, pero Carlos no dijo nada–. Y por supuesto, Byron no es un mal sitio para eso.

–¡Bravo!

Mia parpadeó.

–¿Por qué?

–Por no morder el anzuelo –bromeó él pasándole otra vez el brazo por los hombros.

Mia frunció el ceño, pero luego soltó una carcajada.

–¿Cómo iba a hacerlo? Nada en el mundo podrá impedir que vaya de compras en este momento.

Carlos la besó, se levantaron y se dirigieron al coche de la mano.

La bahía de Byron, con su ambiente marinero y su infinidad de tiendas y restaurantes, era un lugar encantador para la terapia de compras.

Mia encontró el vestido en una glamurosa boutique. Azul pizarra de tela drapeada. El corpiño no tenía mangas y moldeaba la figura con seductores cortes bajo los brazos y hasta la cintura. La falda vaporosa se deslizaba por las piernas y tenía una larga abertura a un lado. Compró también unas sandalias azules de tacón que parecían hechas a juego.

Entonces encontró un salón de belleza y no solo se arregló el pelo, sino que también se pintó las uñas de los pies y de las manos de azul oscuro. Fue la peluquera quien le recomendó una boutique de lencería donde se compró unas braguitas divinas de encaje y seda azul. El vestido, debido a los cortes del corpiño, tenía un sujetador incorporado. También se compró un camisón de seda de color marfil a juego con una bata negra tipo kimono bordada con aves del paraíso de color marfil de la que se había enamorado.

Regresó a la posada completamente satisfecha con su sesión de terapia de compras y preguntándose cómo iba a ocultarle a Carlos el brillo que tenía en la mirada. Entonces decidió que no le importaba. Estaba encantada de compartir su euforia con él.

No estaba allí.

Había una nota sobre la mesa en la que decía que había recibido la llamada de uno de sus socios que se había enterado de que estaban en Byron y había ido a tomar algo con él. También decía que estaba listo para la cena y que se encontraría con ella en el restaurante de al lado de la posada.

La nota terminaba diciendo que le dejaba tiempo e intimidad para sus cosas.

Mia se quedó mirando el papel y se dio cuenta de que no quería tiempo ni intimidad para sus cosas. Lo único que quería era sentarse con él, tal vez compartir una copa de champán y hablar.

Sí, y enseñarle lo que había comprado, quizá incluso hacerle un pase de modelos. Pero lo que no quería era estar sola.

Dejó las bolsas encima de la cama y se sentó con un suspiro. Tenía muchas cosas en las que pensar. ¿Cuándo había sucedido todo aquello? ¿Cómo había permitido que sucediera sin resistirse ni un ápice?

¿Por qué escuchaba algo parecido a una sirena de advertencia dentro de la cabeza?

Capítulo 6

ESTABA lista a las siete en punto.

No le hacía mucha gracia recorrer sola la escasa distancia que la separaba del restaurante. No era que tuviera miedo de que la atracaran ni nada parecido, pero de pronto se sentía demasiado emperifollada y como fuera de lugar. Se metió en la pequeña cocina de la habitación para servirse un vaso de agua, pero el sonido de la puerta corredera de cristal que daba al jardín y a la piscina le llamó la atención. Se giró sobre sus preciosos zapatos nuevos.

Era Carlos.

Iba vestido con traje oscuro, camisa blanca y corbata azul marino.

Estaba muy serio, de un modo misterioso que enfatizaba sus rasgos latinos.

Se quedaron en aquella posición durante lo que les pareció una eternidad, mirándose el uno al otro a través de la cama.

Para Mia fue un momento extraordinario. En su conciencia quedaron implantados todos los rasgos de Carlos, como la anchura de sus hombros bajo el traje.

Pero al mismo tiempo registró que tenía un aire de misterio. Como si solo conociera una parte de él. Mia se estremeció de pronto.

Carlos se movió finalmente y le tendió la mano.

Ella vaciló un instante y luego se acercó para tomarla.

—Estás fantástica —murmuró él al ver cómo el precioso vestido se le enredaba entre las piernas.

Mia se humedeció los labios.

—Tú también.

—He venido a recogerte.

—Me alegro de que lo hayas hecho.

—Yo también —Carlos la atrajo hacia sí—. Alguien montado en un caballo blanco alado podría haberte llevado consigo.

Una sonrisa tembló en los labios de Mia.

Carlos alzó una ceja.

—¿Era eso lo que te preocupaba?

—No —murmuró ella mirándose—. Me siento un poco fuera de lugar. Y me daba un poco de vergüenza ir sola al restaurante. Así que me alegro de que hayas venido.

—Bien —Carlos la estrechó todavía más contra sí—. ¿Me está permitido besarte?

—Eso depende —ella le puso las manos en el pecho.

—¿De qué depende?

—Si lo que tienes en mente es un beso suave de saludo, está permitido. Yo...

Pero Carlos la interrumpió y la inclinó un poco hacia atrás sobre su brazo.

—¿Qué te parece esto?

Mia mantuvo la compostura con gran esfuerzo.

—Si no me estropeas el maquillaje y el peinado, me parece bien. Pero si lo haces...

—¿No volverás a hablarme? ¿Gritarás? —sugirió él con un brillo travieso en la mirada.

–No, me cambiaré e iré a correr por la playa. Y me compraré una hamburguesa para cenar.

Carlos se incorporó sorprendido y Mia empezó a reírse.

–¿Es eso lo que de verdad quieres hacer? –le preguntó él con asombro.

–¿Después de todo esto? –Mia se apartó un poco de él y se señaló la figura con expresividad–. No hablaba en serio.

Carlos apretó los labios.

–Pues sería divertido. Podríamos llevar una manta y una botella de vino. Esta noche hay luna llena y es día laborable, así que no habrá mucha gente en la playa. Además, conozco un rincón escondido...

Mia se puso en jarras.

–¿Estás hablando en serio?

Carlos se apoyó contra el quicio de la puerta y se cruzó de brazos.

–Eres tú la que ha sacado el tema.

–Ya lo sé, pero... –volvió a mirarse–. ¿Y todo esto?

–Podrías ponértelo mañana por la noche –Carlos se apartó del umbral.

–¿Vamos a quedarnos una noche más? No contaba con ello.

–Creo que Gail lo está haciendo muy bien –remarcó él–. Entonces, ¿por qué no?

Mia se encogió de hombros.

–Tienes razón. La verdad es que no soy indispensable.

–Entonces, ¿qué me dices?

Mia alzó la vista para mirarle.

–¿Por qué no? Siempre que me prometas que mañana no me cambiarás el plan.

–Te prometo que mañana nos pondremos elegantes.

–Gracias.

–Esto es maravilloso –aseguró Mia acurrucándose contra Carlos en la hondonada que habían cavado en una de las dunas de arena.

Se habían tumbado sobre una manta que Carlos llevaba siempre en el maletero del coche.

Habían terminado las hamburguesas con lechuga, pepino, tomate, cebolla y queso. Había llevado además una botella de vino y unos vasos de plástico.

La luna iluminaba cabo Byron y proyectaba una luz blanca sobre el mar. Las estrellas parecían al alcance de la mano.

–Me gustaría meter este momento en una botella –dijo Mia de pronto.

–No haría falta si nos casáramos. Podríamos hacer esto una y otra vez.

Mia aspiró con fuerza el aire y se puso tensa.

–No sé qué decir, Carlos.

Él le tomó la mano y entrelazó los dedos con los suyos.

–Es una idea. ¿Qué otra cosa tenías en mente? ¿Una aventura?

–No he pensado a largo plazo. No sé qué pensar. Todo ha ocurrido de repente –Mia retiró la mano.

–¿De verdad? –preguntó él con cierto escepticismo.

Mia se mordió el labio inferior. Se incorporó y apoyó la barbilla en las rodillas.

—Tal vez no —reconoció. E hizo una pausa al recordar con vergüenza que Carlos sabía lo que siempre había sentido por él.

Mia torció el gesto.

—De acuerdo, siempre ha habido una atracción, pero... —vaciló, y luego dijo con sinceridad—: he recibido muchos palos últimamente.

—¿No estás al cien por cien de tus capacidades mentales? —sugirió Carlos—. ¿Es eso lo que intentas decir?

Ella se encogió de hombros.

—Algo parecido.

—¿Y por eso caíste en mis brazos sin ninguna oposición?

Mia le miró, pero no fue capaz de distinguir su expresión. Un pequeño escalofrío le recorrió la espina dorsal.

—Bueno...

—¿No es que quisieras hacerlo, es que no pudiste evitarlo o algo así? ¿No crees que se debe a que somos tú y yo?

No había duda del tono burlón de su voz.

Mia tembló por dentro.

—Lo siento si te he ofendido —dijo con voz pausada.

—¿Es que necesitabas un poco de espacio para lamerte las heridas? —Carlos se incorporó bruscamente—. ¿Es eso, Mia? —le espetó.

Ella se puso de pie.

—Sí. Seguramente. No he tenido tiempo para analizarlo, pero tú haces que suene horrible.

Carlos se colocó detrás de ella.

–¿Cómo lo dirías tú? –le preguntó con aspereza colocándole las manos en los hombros y dándole la vuelta.

Ella se tropezó y tuvo que agarrarse a él.

–Yo diría que necesitaba un poco de calor, un poco de consuelo –afirmó–. ¿Qué tiene eso de malo?

–Que es mentira –aseguró Carlos agarrándola otra vez de los hombros–. Eso es lo que tiene de malo. Me necesitas, nos necesitamos el uno al otro, y todo lo demás es absurdo.

Mia sintió cómo se iba enfureciendo.

–No puedes marcarme el camino de ese modo, Carlos. Tengo mis propias opiniones –aseguró apartándose.

Carlos trató de agarrarla, pero ella le rechazó y salió corriendo por la playa hacia la orilla del mar.

–Mantente alejado de mí, Carlos –le advirtió.

Él no le hizo ningún caso y Mia corrió un poco más lejos sin ser consciente de que la marea estaba subiendo hasta que una ola traicionera le rodeó los tobillos y le hundió los pies en la arena. Mia extendió los brazos para recuperar el equilibrio, pero se cayó, justo a tiempo de que otra ola la bañara.

–¡Ten cuidado, Mia! –Carlos la levantó y la puso en el suelo–. Estás empapada y llena de arena. ¿Qué creías que te iba a hacer?

–Besarme –confesó ella apretando los dientes–. Besarme, abrazarme y acariciarme hasta que perdiera la cabeza y convencerme luego para que nos fugáramos. Pero eso no es justo, Carlos. No quiero casarme contigo.

–¿Estás segura? –le preguntó él con naturalidad tomándola en brazos y apartándola del mar para que no la pillara otra ola.

–No, por supuesto que no estoy segura –afirmó irritada mientras miraba lo empapada que estaba–. Estar casada contigo supondría muchas cosas agradables. Pero ninguna de ellas es suficiente motivo para hacerlo.

–¿Cosas agradables como Bellbird, como jugar a ser una dama e imaginar que vives en una plantación de té en la India? ¿Cosas agradables como todos los hijos que quieras?

Mia chasqueó la lengua.

–Eso eran sueños. Nunca esperé que se hicieran realidad.

–De acuerdo, a ver qué te parece esto entonces: ¿un sexo tan satisfactorio que no puedas dejar de sonreír?

Mia se mordió el labio inferior y maldijo en silencio a Carlos.

Él siguió adelante.

–En cuanto a los motivos para hacerlo, me imagino que para ti el principal sería estar siempre locamente enamorada, ¿verdad? –le preguntó alzando una ceja.

Mia asintió a regañadientes.

–¿Cómo sabes si eso va a suceder? –quiso saber Carlos.

Ella alzó la vista para mirarle.

–Puede pasar. Suena como si tú no lo creyeras, pero a mis padres les pasó.

–A los míos también –reconoció Carlos–. Pero creo que eso es algo que crece entre dos personas. ¿Crees que eso puede pasarte a ti? ¿Alguien ha llegado tan lejos contigo, Mia?

–¿Tan lejos? –preguntó ella con incertidumbre.

–Sí, tan lejos. Voy a llevarte de regreso a la posada. Voy a quitarte la ropa mojada y llena de arena y voy a ponerte bajo una ducha caliente. Cuando salgas voy a meterte en la cama con una manta extra para mantenerte caliente y te acomodaré las almohadas. Luego te prepararé un café.

Mia se limitó a quedarse mirándole.

–Cuando hayamos terminado con todo eso, y, si tenemos ganas –continuó él–, podemos hacer el amor de un modo lento y exquisito. O del tipo salvaje, como anoche. O podemos limitarnos a dormirnos juntos. Y por cierto –añadió–, me encanta cómo te acurrucas en mis brazos y te duermes. Me encanta cómo sonríes cuando estás dormida.

–¿Sonrío dormida? –preguntó Mia con voz ronca.

–Sí. Vamos, podrías enfriarte.

Ella se estremeció al instante.

Por suerte no habían ido en coche a la playa, solo habían sacado la manta del maletero, así que Mia no tuvo que preocuparse de manchar el coche. Entrar chorreando en la posada era otro cantar.

–Echa los hombros hacia atrás, levanta la barbilla y hazlo, Mia –le aconsejó Carlos–. Probablemente suceda muchas veces. Además, seguramente tienen fregonas.

Ella le miró de un modo que indicaba que podía hacer todas las bromas que quisiera, pero que ella no le había perdonado.

–¿Ves como no es tan malo? –dijo Carlos abriendo

la puerta de la habitación–. El siguiente paso es la ducha.

Mia entró y sintió la urgencia de decir que aquello era todo culpa suya, pero resistió la tentación, entró en el baño y cerró de un portazo.

Carlos abrió la puerta al instante.

Ella se dio la vuelta. Sus ojos verdes echaban chispas.

–Solo quería disculparme y asegurarte que no tengo intención de ponerte ni un dedo encima en este momento –bromeó–. En cuanto a lo de casarme contigo, solo era una idea, no una amenaza –concluyó, y cerró la puerta con delicadeza.

Mia enjuagó la ropa a conciencia antes de ducharse y lavarse la cabeza. Cuando terminó, el baño estaba lleno de vapor y ella tenía la piel sonrosada. El único problema era que no tenía nada que ponerse; no lo había tenido en cuenta antes de entrar.

Se encogió de hombros al verse en el espejo cubierto de vaho. ¿Contra qué estaba luchando en realidad?, se preguntó desconsolada. Nada podía obligarla a casarse con él. Lo único que tenía que hacer era negarse.

Pero... sonrió y de pronto cerró los ojos. Estaba atada a Bellbird durante los siguientes meses y Carlos lo sabía muy bien.

¿Cómo sería en realidad estar casada con Carlos O'Connor? Por supuesto, solo había una manera de averiguarlo, ¿verdad? Y, ¿tendría Carlos razón? ¿El amor crecía?

Mia se envolvió en una gruesa toalla blanca y abrió la puerta del baño.

Carlos estaba encima de la cama vestido únicamente con unos boxers y con la cabeza apoyada en el
codo. En la mesita de al lado había una bandeja con
una cafetera, dos tazas y unas galletas de aspecto ca-
sero envueltas en papel de celofán.

No le dijo nada, se limitó a observar cómo ella
avanzaba hacia la cama con expresión indescifrable.

Mia llegó a los pies de la cama y dijo:

—No sé en qué estás pensando, Carlos, pero odio
este tipo de disputas. No estoy contenta conmigo
misma por seguirte el juego, así que solo diré esto: ya
no estoy segura de nada. Ahora mismo no puedo tomar decisiones de ningún tipo. Y... —señaló hacia las
almohadas—, ¿te importaría pasarme el camisón? Por
cierto, tu café huele de maravilla —concluyó aspirando
el aire por la nariz.

La expresión de Carlos se suavizó un tanto, y se
sentó para ofrecerle la mano.

Ella vaciló, luego rodeó la cama y la tomó.

—Ven —la invitó Carlos.

—La toalla está mojada.

—Ah —Carlos buscó debajo de la almohada y sacó
un camisón, no el que ella se había comprado, sino
una prenda excepcional de seda azul cielo con cometas y de tirantes finos.

Mia soltó la toalla y él le pidió que levantara los
brazos.

Ella obedeció y Carlos le puso el camisón por la
cabeza, estirándoselo por el cuerpo.

—Ya está —murmuró observando las cometas—. Podría incluso considerarse un tópico.

—¿Qué quieres decir? —Mia se miró.

–Dando por hecho que vas a levantar el embargo que me has puesto –Carlos le pasó los dedos por el pelo mojado–, podríamos...

–Yo no te he puesto ningún embargo –le interrumpió ella.

–Me dijiste con los dientes apretados que tengo por costumbre besarte, abrazarte y acariciarte hasta tal punto que no sabes ni dónde estás –le recordó Carlos.

Mia dejó escapar un suspiro de frustración.

–En cualquier caso, esto no es un embargo.

–No –reconoció él–. Pero cualquier hombre se daría cuenta de que no te gusta perder la conciencia, y por lo tanto desistiría.

Mia se le quedó mirando con los ojos muy abiertos mientras trataba de entender qué quería decir.

–¿Qué tiene que ver eso con mi camisón? –preguntó finalmente con tono de frustración.

–Las cometas –respondió él.

Mia parpadeó.

–Veo que sigues sin entenderlo –Carlos le puso el dedo en la barbilla y le sonrió–. Podríamos alcanzar el cielo como tus cometas si fuéramos amigos y amantes. Eso es lo que me parecía un tópico.

Mia se quedó completamente quieta durante medio minuto. Aquel fue el máximo tiempo que logró mantenerse sin sonreír.

–Estás loco, ¿sabes? –le dijo.

–Tal vez –reconoció él muy serio–. Pero ¿me perdonas?

–Sí.

–Entonces, ven.

Mia se subió a la cama y dijo en tono suave:

—Esto es mucho mejor.

—¿Mejor?

—Mejor que pelear, ¿no te parece?

—Sí —Carlos le pasó el brazo por los hombros.

Pero Mia no vio cómo fruncía el ceño.

Un par de horas más tarde, Mia se durmió. Pero Carlos se encontró mirándola mientras dormía.

Habían hecho el amor, no de un modo salvaje y descomedido, sino sensual y cálido. Mia era una amante generosa y adorable y cuando regresaba de la cima del éxtasis lo hacía de un modo que despertaba sus instintos de protección.

De hecho, se le pasó por la cabeza la idea de que no le gustaría que viviera aquellos momentos de vulnerabilidad en brazos de otro hombre. De alguien que no fuera consciente de que Mia lo estaba entregando todo, como hacía con todo en la vida.

Cuando se dio cuenta de que no podía dormir, Carlos se levantó y salió al jardín. Escuchó el sonido de las olas golpeando contra la orilla y el suspiro de la brisa acariciando los pinos que rodeaban el paseo marítimo. Algún tiempo después, volvió a entrar, se puso una sudadera y acercó una butaca a la cama.

Y mientras la miraba, pensó en ella cuando era niña. Una niña a la que nada le gustaba más que cabalgar como el viento cada vez que llegaba a casa. Como si el caballo y el viento la liberaran de las restricciones del internado.

Había sido una niña tímida. No se sabía que andaba por la propiedad si no se la veía pasar.

Entonces, cuando Mia tenía unos quince años, empezaron a montar juntos cuando ella estaba en casa. Solía suceder porque coincidían sin más y no pasaba con mucha frecuencia, pero tras un tiempo, Carlos se dio cuenta de que se sonrojaba cuando hablaba con ella.

Lo que hizo entonces fue limitar sus visitas a West Windward cuando sabía que ella estaba allí y esperar a que a Mia se le pasara.

Pero entonces le cayó una rama encima durante una salvaje tormenta y descubrió que Mia Gardiner ya no era una niña. Y no solo eso, sino que era una joven de dieciocho años muy deseable.

Seguía siendo deseable, pero ahora tenía mucho más. Era inteligente, era alegre, había logrado una carrera profesional por sí misma que no dependía de su aspecto físico. Si su padre viviera y pudiera ver a Mia Gardiner ahora, la aprobaría mucho más que a Nina French.

Torció el gesto cuando aquel pensamiento se le cruzó por la mente. Al contrario de lo que pensaba su mujer al respecto, Frank O'Connor consideraba a Nina French un maniquí de cabeza hueca sin la fortaleza necesaria para convertirse en una buena esposa y una buena madre.

No se le escapaba la ironía de la situación. Nina quería casarse con él, y sin embargo, Mia no.

Carlos miró hacia la luz que salía por debajo del baño. ¿Por qué había metido el matrimonio en la ecuación?

¿Y qué clase de matrimonio buscaba con Mia?

Una unión tranquila. Un matrimonio con una mujer

que era práctica, inteligente, con recursos y con temperamento artístico. Alguien a quien le gustaban los niños. Su madre debería agradecerlo, si es que conseguía que en algún momento viera algo positivo en Mia.

Ella viviría en Bellbird, y él entraría y saldría de allí a su conveniencia. Nada de los altos y bajos de su relación con Nina. Y, por supuesto, Mia le estaría eternamente agradecida por el modo en que se habría redimido a sí mismo y a su familia.

Carlos apretó los dientes porque era un pensamiento muy poco placentero.

Pero tenía que haber algo más que todo aquello, pensó. La respuesta que se le pasó por la cabeza no le sirvió de mucha ayuda.

Había algo en Mia Gardiner que le obsesionaba.

Capítulo 7

MIA se despertó a la mañana siguiente sin saber qué esperar.

Pero, ajena al hecho de que Carlos se había pasado media noche despierto luchando contra sus demonios, le sorprendió verlo dormido a pesar de que el sol entraba a raudales en la habitación.

Le observó durante un instante mientras se preguntaba qué pasaría si Carlos volvía a sacar el tema del matrimonio. ¿Cómo respondería ella bajo la fría luz del día? Sacudió la cabeza y decidió ir a nadar un poco, pensando que tal vez así podría liberarse de todas sus incertidumbres.

Salió de la cama y se acercó al cuarto de baño, donde se puso su biquini blanco y negro y un albornoz blanco. Cuando volvió a entrar en la habitación, Carlos seguía durmiendo.

Le lanzó un beso.

Hacía una mañana fabulosa. Un cielo azul había seguido al naranja del amanecer y la superficie del agua se hallaba reluciente. La marea estaba baja y las olas batían suavemente la orilla.

Mia se quitó el albornoz y se metió en el agua. Media hora más tarde, cuando salió, vio a Carlos sentado en la playa con bañador, pero con aspecto malhumorado.

–Hola –Mia recogió la toalla–. El agua está buenísima. ¿No quieres bañarte?

–Sí y no. ¿Te importaría dejar de mojarme?

Mia chasqueó la lengua y contuvo una sonrisa.

–Lo siento –extendió la toalla y se sentó en ella–. Si quieres te acompaño.

–¿Crees que necesito que me sostengas de la mano? –preguntó Carlos con cierta animadversión–. Hago surf desde los seis años.

Mia le puso la mano en la suya.

–No me refiero a esa clase de mano. Me refería a la mano de la amistad. A veces, cuando uno se siente malhumorado, ayuda.

Mia le levantó la mano y le besó la palma. Luego le dobló los dedos y se la devolvió.

–¡Ya está!

Entonces se levantó y salió corriendo otra vez hacia el mar. Carlos la siguió.

–¡Eres un genio! –le dijo Carlos más tarde, cuando estaban desayunando–. Me había levantado dispuesto a comportarme hoy como un miserable. Pero mira lo que has conseguido –aseguró poniéndole mantequilla a una tostada.

Estaban desayunando en un café del paseo marítimo famoso por sus desayunos. Los dos iban vestidos con vaqueros y camisetas. Mia se había recogido el pelo con un pañuelo de flores.

–Me alegro –le dijo con una sonrisa–. ¿Qué tienes pensado hacer hoy? Porque yo quería ir a Lismore a ver a mis padres, pero no es necesario que vengas.

–Iría encantado, pero lo cierto es que he quedado en ver a dos amigos esta mañana. Te sorprendería ver la cantidad de gente que está ahora en Byron. Son personas relacionadas con el centro ecuestre, así que es una buena oportunidad. Llévate el coche.

–Había pensado en alquilar uno –Mia se sirvió un poco de café y aspiró su aroma–. El café está delicioso.

–Lo cultivan en la zona. Llévate el coche –repitió Carlos.

–Nunca he conducido un deportivo.

–Es igual que los demás. Mia, ¿sabes el honor que supone esto? –le preguntó él–. Nunca le había ofrecido mi coche a ninguna mujer.

Ella se lo quedó mirando un instante y luego no le quedó más remedio que reírse.

–Si crees que eso me va a hacer sentir mejor, estás muy equivocado. Pero gracias de todas formas.

–No olvides que esta noche tenemos una cita –fueron las últimas palabras que le dijo Carlos antes de que ella enfilara hacia Lismore.

–No lo olvidaré. ¡Gracias de nuevo! –exclamó Mia poniendo en marcha el deportivo.

Mia llegó aquella tarde a última hora, sana y salva desde Lismore, y sin haberle hecho ni un rasguño al coche.

Estaba encantada con lo bien que había encontrado a sus padres y con la noticia de que su padre saldría pronto del hospital.

A su llegada fue recibida con la noticia de que Carlos se había marchado a Queensland.

–¿A Queensland? –le repitió al recepcionista–. ¿Está hablando en serio?

–Va a ir a la frontera en helicóptero para ver un centro ecuestre. Me pidió que se lo explicara, señorita Gardiner, y que le asegurara que llegaría esta noche a tiempo para su cita.

–Ah, bueno. Gracias.

Aquello había sucedido hacía unas horas, y Mia estaba ahora vestida para la cena. Pero no había ni rastro de Carlos.

Estaba sentada frente a la cómoda, observando su cabello, que por la humedad estaba salvaje y rizado. Suspiró y decidió que solo había una solución: recogérselo. Cuando terminó de peinarse, abrió los ojos de par en par al ver a Carlos en el espejo avanzando hacia ella. Mia se puso de pie y se alisó el vestido.

–Empezaba a pensar que te habías olvidado de mí.

–No –Carlos la estrechó entre sus brazos–. De hecho, llevo todo el día pensando en ti. Y parte de la noche –añadió.

Ella le acarició la mejilla.

–¿Por eso te levantaste de tan mal humor? –le preguntó con cierta sorna.

–Estaba enfadado conmigo mismo –Carlos la miró más detenidamente–. ¿Qué te has hecho en el pelo?

Me gusta suelto y rizado –alzó las manos y empezó a quitarle las horquillas.

Mia torció el gesto.

–Supongo que es una pérdida de tiempo pedirte que desistas, ¿verdad?

–Sí. Toma –Carlos le entregó un puñado de horquillas y le pasó la mano por el pelo suelto.

–¿Hay algo más de mi aspecto que no apruebes? –quiso saber Mia.

–No –se limitó a responder él mirándola de arriba abajo–. Estoy deseando quitarte ese precioso vestido azul y darme el gusto de abrirte las piernas y acariciarte los senos, pero esperaré.

Mia se atragantó.

–Me alegra oír eso –murmuró con dificultad–. Si tú puedes esperar, yo también.

Dicho aquello, se giró sobre los talones y se apartó de él.

Carlos la detuvo.

–Pensándolo mejor –gruñó–, creo que no puedo esperar. Todavía tenemos tiempo. Casi una hora.

–Carlos –jadeó ella. Pero no pudo seguir, por varias razones. No sabía qué iba a decir y le resultaba imposible pensar con claridad mientras él le pasaba las manos por los hombros y los brazos.

Seguía vestido con los vaqueros y la camisa que se había puesto después de nadar, llevaba todo el día con aquella ropa, y Mia se vio asaltada por aquel olor a hombre tan propio de Carlos.

Entonces él encontró la cremallera del vestido y la tela se abrió a su espalda y cayó al suelo,

Carlos emitió un sonido gutural de aprobación al

verla delante de él vestida únicamente con las braguitas de seda y encaje azul y las preciosas sandalias de
tacón. Deslizó la mirada por su estrecha cintura, por
los muslos y la base del cuello.

Entonces se acercó, le cubrió los senos con las manos e inclinó la cabeza para saborearle los pezones
con la lengua y los dientes.

Mia se quedó rígida mientras oleada tras oleada de
sensaciones le atravesaban el cuerpo. Carlos la tumbó
sobre la cama.

No había tiempo para formalidades, y esa vez ambos fueron víctimas de la fiebre que sentían el uno por
el otro. Esa vez, Carlos necesitó el mismo tiempo que
ella para descender de las alturas.

—Esto ha sido todo un récord —afirmó todavía ja-
deante—. Todavía podemos ducharnos, vestirnos otra
vez y llegar a tiempo a la reserva.

Mia se rio.

—También podríamos morir una vez en la mesa. Creo
que prefiero llegar tarde.

Carlos reacomodó las almohadas y la estrechó otra
vez entre sus brazos.

—Siendo realistas, creo que no vamos a llegar a la
cena —dijo mirándola.

—Creo que tienes razón —reconoció Mia—. No tengo
ganas de levantarme y volver a arreglarme otra vez —se
acurrucó entre sus brazos—. Quiero quedarme aquí.

Él le acarició el pelo.

—¿Por qué no?

Así que aquello fue lo que hicieron. Se quedaron
en la cama, Carlos viendo la televisión con el volumen
bajo y Mia adormilada a su lado.

Entonces, sobre las once de la noche, decidieron que estaban muertos de hambre, así que se levantaron, se pusieron vaqueros y sudaderas y bajaron las escaleras de la posada hasta salir a la calle.

Encontraron un pequeño restaurante lleno de gente en el que servían cenas hasta tarde y donde sonaba música de blues. Mia tomó pasta, y Carlos langostinos. Bebieron chianti, y cuando terminaron fueron a pasear por la playa.

–¿Estás bien? –le preguntó Carlos tomándola de la mano.

Ella se detuvo y le miró.

–Sí.

Él la miró con extrañeza al ver que le estaba observando fijamente.

–¿Ibas a decir algo más? –quiso saber.

Mia se humedeció los labios. Iba a decir: «Sí, Carlos, me casaré contigo. No podría no hacerlo. Sería como condenarme a mí misma al purgatorio». Estuvo a punto de decírselo, pero finalmente no fue capaz. Así que se limitó a preguntar:

–¿Qué vamos a hacer mañana? –y se llamó cobarde por dentro.

Carlos observó su expresión durante un largo instante, luego se encogió de hombros y empezaron otra vez a caminar.

–Si crees que Gail puede dejarte un día más libre, podríamos subir a Gold Coast.

Mia sonrió.

–Gail lo está haciendo de maravilla. Me siento muy orgullosa de ella.

–Seguramente la habrás formado muy bien –comentó Carlos–. ¿Estás lista para volver a la cama? –le preguntó esperanzado.

–Teniendo en cuenta que son las tres de la mañana, la respuesta es sí.

Pero no fueron a ninguna parte al día siguiente. Se quedaron allí, fueron a la playa y disfrutaron de su mutua compañía.

Aquella noche se sentaron a una mesa para dos en el lujoso restaurante que había al lado de la posada. Mia llevaba su vestido azul.

–A la tercera va la vencida –le había dicho antes a Carlos, cuando se arregló para salir.

Él le sonrió.

–Estás preciosa. Y me encanta el pelo.

Se lo había dejado suelto y rizado.

–¿Sabes qué? Tú me harías la vida mucho más fácil –le dijo Mia.

–Eso es lo que he tratado de hacerte entender –replicó Carlos poniéndose la chaqueta del traje azul, a juego con la camisa blanca y la corbata oscura.

–Me refería al pelo. No tendría que preocuparme tanto por él.

Cenaron langosta y bebieron champán.

Mia estaba pensando si tomar postre o no cuando alzó la vista de la carta y vio que Carlos miraba detrás de ella con una expresión dura como el pedernal. Había palidecido.

No tuvo que darse la vuelta para ver qué le llamaba

tanto la atención. Nina French se acercó a su mesa, acompañada nada menos que por Talbot Spencer.

Nina era muy fotogénica, pero en carne y hueso resultaba asombrosamente bella. Tenía la piel fina, unos aterciopelados ojos azules y una larga melena dorada como el trigo. Llevaba un vestido ajustado de flores que le marcaba la cintura y se sostenía con unos tirantes minúsculos, de manera que apenas le cubría los senos. Unos tacones altos completaban el atuendo. Sus labios dibujaban una media sonrisa, no de triunfo ni de burla, sino una sonrisa de verdad.

Talbot iba vestido de traje, y Mia tuvo que admitir que también era atractivo con su cabello rubio y sus pecas.

Fue Nina la que rompió el silencio.

–Hola, Carlos, qué sorpresa. Creo que ya conoces a Talbot. Por favor, preséntame a tu amiga.

Carlos se puso de pie, y seguramente fue Mia la única que se dio cuenta de que tenía los nudillos blancos cuando dejó la servilleta sobre la mesa.

–Nina, Talbot, menuda sorpresa –murmuró arrastrando las palabras–. No sabía que os conocierais. Esta es Mia Gardiner. Estamos pensando en casarnos, así que deseadnos suerte.

Se hizo entonces un silencio ensordecedor.

La expresión de Nina hablaba por sí sola, pero no dijo ni una palabra. Parecía horrorizada. Su bello rostro se descompuso y se le llenaron los ojos de lágrimas.

Fue Talbot quien rompió el silencio.

–Es un modo interesante de enfocarlo. Por favor, cuéntanos el resultado. Mañana volvemos a Sídney, tal vez podamos quedar allí algún día, ¿de acuerdo? Encantado de conocerte, Mia. Vamos, Nina.

Nina tragó saliva, se dio la vuelta obedientemente y salió del restaurante siguiendo a Talbot.

Carlos se sentó, pero se puso de pie al instante.

–Salgamos de aquí –murmuró con sequedad.

–La... la cuenta –tartamudeó Mia.

–No te preocupes por eso, aquí me conocen. ¿Nos vamos?

Carlos no la llevó a la playa, sino al faro. En silencio. Hacía frío y estaba oscuro, la luna se hallaba oculta tras una manta de nubes.

–Mañana va a llover, Mia. Será el final de nuestro idilio. En más de un sentido, supongo –se giró hacia ella y pasó el brazo por el respaldo del asiento–. Adelante, dilo. «¿Cómo has podido, Carlos?».

Mia se aclaró la garganta.

–Sí –dijo con voz ronca–, ¿cómo has podido?

Él alzó una ceja en un gesto burlón.

–¿Acaso no es verdad? He estado pensando en casarme contigo, Mia. Y me atrevería a jurar que tú también le has estado dando vueltas a la idea.

Mia se mordió el labio inferior y trató desesperadamente de recuperar algo de sentido común.

–Carlos –dijo tratando de contener las lágrimas–, ¿crees que Nina ha aparecido con Talbot Spencer para darte en las narices por haber roto con ella?

–Sí, lo creo –afirmó él con sequedad–. Pero fue ella la que rompió conmigo –aspiró con fuerza el aire–.

¡Me hubiera dado igual que apareciera con cualquiera que no fuera Talbot!

Mia cerró los ojos y trató de concentrarse.

—Lo dudo. Creo que te hubiera molestado fuera quien fuera porque todavía hay algo entre vosotros. Pero nada de esto tiene que ver conmigo, ¿no te das cuenta? He sido el segundo plato y no quiero seguir en este papel.

A pesar de que las lágrimas le resbalaban por las mejillas, Carlos vio la decisión reflejada en sus ojos y maldijo entre dientes.

—Mia, hay algo que no entiendes —murmuró con tono duro—. Seguramente me sentiré culpable respecto a Nina eternamente a menos que la vea feliz de verdad con otro hombre.

—¿Culpable? —susurró Mia—. ¿Por qué?

—Porque se convirtió sin querer en prisionera de la guerra entre mi padre y yo.

—Tienes razón. No te entiendo —afirmó ella.

Carlos se pasó la mano por la cara.

—A él no le gustaba.

Mia parpadeó dos veces.

—¡Debía de ser el único!

Carlos torció el gesto.

—Seguramente. Pero como yo creía que me llevaba la contraria por costumbre, que encontraba fallos en mis decisiones porque sí, quería demostrarle que estaba equivocado. Pero no lo estaba —se encogió de hombros—. No sé si Nina podría llegar a ser una buena esposa y una buena madre, pero bajo la atracción inicial no había nada entre nosotros. Nunca fuimos compatibles. Pero me negaba a admitirlo porque no podía soportar la idea de que mi padre estuviera en lo cierto y yo no.

Mia se lo quedó mirando sin dar crédito a lo que oía.

–Y mientras tanto –continuó Carlos–, supongo que le di a Nina una falsa sensación de seguridad. O al menos permití que creyera que siempre estaría ahí para ella hiciera lo que hiciera. En cierto modo, la llevé a pensar que me casaría con ella. Y por eso me sentiré culpable toda la vida. Y ahora ha caído en las garras de Talbot.

Carlos se pasó la mano por el pelo, y al ver que Mia se estremecía, se quitó la chaqueta y se la puso en los hombros.

Mia se arrebujó en ella y tomó una decisión.

–No puedo evitar pensar que... lo siento, pero sigo creyendo que no la has olvidado y que nunca lo harás.

–Mia...

–No –le interrumpió ella–. Por favor, escúchame. No quiero contribuir a romperle el corazón a Nina French, ni tampoco quiero llevarte a un sitio al que en realidad no quieres ir dentro de tu corazón.

Se hizo un largo silencio mientras se miraban el uno al otro a los ojos. Entonces Carlos dijo:

–Pero ha estado bien, ¿verdad?

Mia pensó en los últimos días y asintió con la cabeza.

–Sí, ha sido maravilloso –se secó los ojos con las muñecas.

–No llores –Carlos le quitó la chaqueta y la estrechó entre sus brazos–. Por favor, no llores –le besó la coronilla–. Ya me siento bastante mal.

–No tienes por qué.

–No puedo dejarte así –Carlos sacó un pañuelo de tela del bolsillo del pantalón.

Mia se sonó la nariz y buscó en lo más profundo de su alma las palabras correctas, la llave con la que poder manejar aquella situación para que los dos se sintieran liberados sin que Carlos fuera consciente de lo mucho que le amaba.

–Antes me sentía paralizada, como si no pudiera romper nunca los lazos de lo que sucedió en West Windward –vaciló un instante y miró hacia el mar, pero lo único que veía era un mundo azul oscuro–. Ahora, gracias a ti, me siento distinta –reconoció–. Siento que puedo seguir adelante. Es curioso, y seguro que a ella no le gustaría saberlo, pero me has quitado el sello que me había puesto tu madre y que me tenía prisionera.

Carlos guardó silencio. Pero las líneas de su rostro hablaban por sí solas. Tenía un aspecto duro y al mismo tiempo torturado.

Mia aspiró con fuerza el aire.

–Esto es el final de verdad para nosotros. Lo entiendes, ¿verdad?

–No creerás que voy a volver con Nina, ¿verdad? –le preguntó él con sequedad.

Mia le puso un dedo en los labios.

–Eso no es asunto mío –murmuró–. Solo tú puedes solucionarlo. Pero debes hacerlo. Yo solo quiero que sepas que no debes preocuparte por mí.

Carlos le tomó la mano y le besó la palma, y, como había hecho ella el día anterior, le dobló delicadamente los dedos.

–Solo puedo hacer esto de un modo, Mia.

Ella le miró desconcertada con los ojos empapados en lágrimas.

–Ahora, esta noche. Te llevaré a la posada y luego me iré a Sídney. Puedo organizar tu regreso para cuando quieras.

–Muy bien –ella se secó las lágrimas con el dorso de la mano–. No te preocupes por mí.

–Estás llorando otra vez –murmuró Carlos dolido.

–La mayoría de las mujeres tienen un hombre al que recuerdan con una sonrisa y una lágrima. El hombre que se marchó –aseguró–. Pero créeme, es así como quiero que sea.

Carlos cerró los ojos un instante. Ella se inclinó hacia delante y le rozó los labios con los suyos.

–No prolonguemos esto –dijo arreglándoselas para sonreír brevemente.

Y no lo hicieron.

Carlos la llevó de regreso a la posada, pagó la cuenta y solo necesitó diez minutos para hacer la maleta. Se puso unos vaqueros y una chaqueta espigada.

Mia estaba de pie frente a él muy recta con su precioso vestido azul.

–Adiós –dijo en tono apenas audible–. Por favor, márchate ya. Cuídate.

–Tú también, Mia. Tú también –y dicho aquello, se marchó.

Mia se quedó tal y como estaba unos minutos, demasiado atemorizada para moverse por temor a romperse como el cristal. Pero, por supuesto, aquello no sucedió.

«Sigue adelante», se dijo tumbándose en la cama y abrazándose a una almohada. «Sigue adelante y confía en que el dolor desaparecerá. Ya sabías que no podías seguir soñando mucho tiempo más».

La autopista del Pacífico entre la bahía de Byron y Sídney era en algunos tramos estrecha y tortuosa, y siempre tenía mucho tráfico. No era un trayecto fácil. Y de noche y con lluvia hacía falta pericia y concentración.

Pero Carlos no podía evitar pensar que había sido muy torpe con Mia. Tras su encuentro con Nina y Talbot, ¿quién podría culparla por haberse retirado de la escena?

Revelarle que Nina sabía lo que estaba haciendo al aparecer del brazo de su enemigo y ver la expresión de Nina eran motivos suficientes para que cualquiera pensara que las cosas entre ellos no habían terminado todavía.

¿Sería cierto?, se preguntó de pronto. Aparte de la explicación que sin duda le debía, ¿podría volver a pasar por la montaña rusa que había compartido con Nina French?

Supo entonces que tal vez hubiera vuelto a caer si no se hubiera reencontrado con Mia. Podría haber permitido que la familiaridad de la rutina le llevara de nuevo a ella.

La ironía era que, ahora que sabía que no podía volver con ella, la razón por la que no podía hacerlo, Mia estaba al parecer dispuesta a acostarse con él, pero no a casarse con él.

¿Acaso podía culparla? No. Recordó su asombro cuando escuchó cómo había utilizado a Nina en la guerra contra su padre. ¿Le habría recordado al modo en que a ella la trataron en West Windward?

¿Se libraría Mia alguna vez del miedo a que algo así pudiera ocurrirle otra vez? Sí, se había acostado con él, pero ¿le había abierto de verdad su corazón?

Desde luego, no había mostrado mucho entusiasmo ante la idea de avanzar hacia el altar con él.

Pero allí estaba él, regresando a toda prisa a Sídney para impedir que Nina French se liara con Talbot Spencer. ¿Por qué?

Porque se sentía culpable, sin duda.

Porque necesitaba exorcizar los demonios que tanto su padre como Nina habían dejado en él para poder regresar al lado de Mia sin equipaje.

Pero... ¿cómo iba a hacerlo si ella le había dicho que habían terminado?

Capítulo 8

CUATRO meses más tarde, Mia estaba sentada en su escritorio. Era su último día en Bellbird. Había celebrado su último evento el día anterior y ahora había una furgoneta en la puerta de la casa, lista para llevarse todo el equipamiento que había ido alquilando: mesas, sillas, carros, manteles... otro camión se había llevado los electrodomésticos de la cocina, las vajillas y los cubiertos.

Su despacho estaba inusualmente ordenado. Todos los papeles estaban guardados en cajas y habían desaparecido todas las notas de las paredes.

No quedaba nada, excepto el teléfono, un bolígrafo y un cuaderno.

Habían sido cuatro meses de éxito en los que había logrado cumplir con sus obligaciones. Tenía un archivo lleno de buenas referencias para su siguiente aventura empresarial, pero aquello no ayudaba a su estado de ánimo.

No había visto a Carlos ni había sabido nada de él. Todos los asuntos los había tratado con su secretaria, Carol Manning, y no había organizado más eventos para la empresa O'Connor. Contuvo el aliento y creyó que iba a desmayarse cuando estaba leyendo en una ocasión el periódico y vio un artículo titulado:

La boda de O'Connor se celebra sin contratiempos a pesar del mal tiempo.

«Carlos y Nina», le dijo una voz interior. Pero cuando abrió los ojos y se obligó a sí misma a leer, descubrió que no era Carlos O'Connor quien se había casado... ¡sino su madre!

Siguió leyendo, asombrada:

Arancha O'Connor, viuda del multimillonario de la construcción Frank O'Connor, ha vuelto a casarse en una elegante ceremonia a pesar de las inclemencias del tiempo. A su lado estaban sus hijos, Carlos y Juanita.

Según seguía diciendo el artículo, su nuevo marido, que era chef, había preparado la tarta nupcial.

Mia se atragantó de tal modo que empezó a toser. Gail la oyó, apareció a su lado y le dio unas palmaditas en la espalda. Luego le llevó un vaso de agua.

–¿Qué pasa?

–¡No me lo puedo creer! ¡Su madre se ha casado con un chef!

–Siempre viene bien tener un chef en casa –había comentado Gail–. ¿La madre de quién?

Mia le dio un sorbo al vaso de agua.

–La de Carlos.

–Ah –Gail se encogió de hombros. No había vuelto a sentir el mismo aprecio por él–. La recuerdo. Bajita, morena, con un sombrero enorme y aspecto regio –miró a Mia con curiosidad–. Pero ¿qué tiene de malo casarse con un chef?

–Todo. Nada. Por supuesto que nada, pero... –Mia se detuvo y aspiró con fuerza el aire.

–Eso lo explica. Todo y nada. Claro como el agua.

Mia no tuvo más remedio que reírse.

Ahora, unas semanas después de la boda de Arancha y el día anterior a que Mia se marchara, ni siquiera Gail estaba con ella.

Se había mudado a Sídney y había aceptado un trabajo en el restaurante de un gran hotel.

Bill y Lucy se quedaban para seguir cuidando de la casa y del jardín. Bill estaba deseando recuperar su autonomía.

Ni siquiera John Silver estaba ya con ella; se lo había dado a Harry Castle, la única persona a la que el caballo no mordía, aparte de Gail y de ella.

«No te pongas sensiblera», se dijo a sí misma cuando el último camión se marchó y se quedó sola. Lo que haría sería jugar a las damas.

Se puso de pie y se miró. Llevaba puesta una falda larga de flores y una camisa blanca bordada. Tenía el pelo recogido en un moño bajo. Y una pamela que se había dejado alguna invitada a la que no había conseguido localizar.

También contaba con un servicio de té de porcelana antigua, una de las herencias de Bellbird, tenía té y limones en el árbol que había en el jardín de atrás. Y una tetera.

Diez minutos más tarde, puso una de las sillas de mimbre en el porche delantero junto con una mesita auxiliar también de mimbre y estaba tomando una taza de té con limón mientras observaba la luz del atardecer deslizándose sobre los jardines de verano de Bellbird. Había dejado la pamela en otra silla.

Se tomó el té y luego dejó la taza. «Aspira todo esto», se dijo. «Llévate un recuerdo profundo de este maravilloso lugar para que te acompañe siempre». Cerró los ojos. «Que la relación de este sitio con Carlos no te provoque dolor».

Un coche se detuvo en la entrada.

Debía de estar soñando, pero ¿acaso no conocía el sonido de aquel motor de memoria?

Abrió los ojos y vio a Carlos.

Se llevó las manos a la boca.

—¡Eres tú! —exclamó—. Creí que estaba soñando.

Carlos puso un pie en el escalón de abajo y se apoyó contra el pasamanos. Llevaba pantalones de algodón y una camisa azul marino. Tenía el cabello revuelto, seguramente por haber conducido con la capota del coche bajada. Y nada más verle, el corazón empezó a latirle con fuerza y se le aceleró el pulso. Durante un instante pudo aspirar el aroma del mar, oír las olas y ver el océano agitado bajo el faro de cabo Byron...

—No podía dejar que te fueras sin asegurarme de que estabas bien —dijo Carlos.

Subió los escalones y tomó una de las exquisitas tazas de la mesita y también la pamela.

—¿Jugando a las damas? —le preguntó sonriendo.

Mia sonrió también.

—Haciendo el tonto más bien, pero sí.

—¿Dónde vas a ir, Mia?

Ella suspiró.

—A casa de mis padres durante un tiempo.

–Pensé que iban a recorrer Australia.

–Así es, así que su casa estará vacía. Puedo quedarme allí el tiempo que quiera. Pero solo será hasta... hasta que vuelva a organizarme.

Carlos observó cómo entrelazaba los dedos con gesto nervioso y frunció el ceño.

–Entonces, ¿no tienes nada concreto a la vista?

–Bueno... un par de cosas. Pero estas cosas necesitan tiempo, Carlos –trató de parecer natural al decirlo, pero lo cierto era que no tenía absolutamente nada a la vista.

Por mucho que había intentado motivarse y seguir adelante con su vida y con su carrera profesional, no lo había conseguido. Pero no era algo que estuviera dispuesta a admitir.

–Por cierto, leí lo de tu madre –dijo en un intento de cambiar radicalmente de tema.

–Nos dejó a todos completamente asombrados, pero parecen muy felices a pesar de que él es solo chef –a Carlos parecía hacerle gracia–. Eso sí, ella insiste en que se trata de un chef famoso –se rascó la mandíbula–. Ha cambiado mucho. Parece más feliz.

–Iba a decir que me alegro –murmuró Mia con una media sonrisa–. Pero pensándolo mejor, no diré ni una palabra. ¿Y qué tal está Juanita?

–Muy bien. Está embarazada. Otra causa de alegría para mi madre.

Mia sonrió.

–Eso es una gran noticia.

–¿Cómo vas a ir a casa de tus padres?

–Me he comprado un todoterreno. Me cabe todo en el maletero, porque tampoco tengo tantas cosas.

Carlos alzó una ceja.

–Pero no creo que te quepa John Silver. ¿Vas a enviarle por transporte especial? –quiso saber.

Mia le contó lo de Harry Castle.

–Y, por cierto, he dejado un inventario con toda la porcelana y las cosas de valor. Deberías repasarlo ahora conmigo.

–No, no importa.

–Pero hay cosas muy bonitas.

–Llévate lo que quieras. Y también les puedes dejar algo a Bill y a Lucy y a la madre de Gail también.

–Eso está bien, pero... no te importa, ¿verdad? –adivinó con ojos tristes al pensar que Bellbird fuera despojado de sus tesoros, aunque fueran a parar a gente que conocía.

Carlos se cruzó de brazos.

–Mia, me dejaste muy claro que no querías Bellbird. Así que voy a ponerlo en venta en cuanto salgas de aquí.

Aquello fue como si le lanzaran una flecha al corazón. Contuvo el aliento y se puso pálida.

Carlos maldijo entre dientes.

–¿Qué creías que haría con él? –le preguntó con sequedad.

–Me dijiste que era lo suficientemente bonito como para comprarlo.

–No si no vas a vivir en él.

–Pensé que estaría a salvo contigo, Carlos –aseguró Mia con pasión–. A salvo de personas que echarían la casa abajo y la convertirían en algo moderno. A salvo de los promotores inmobiliarios. Nunca se sabe qué puede ocurrir.

–No va a suceder nada de ese tipo en un futuro próximo, Mia.

Ella empezó a juguetear otra vez con los dedos.

–No te lo estarás pensando mejor, ¿verdad, Mia?

Ella tragó saliva y apartó la cabeza.

–Mírame –le ordenó Carlos–. ¿Te lo estás pensando?

–No –murmuró ella en un tono apenas audible, pero firme.

–Entonces, ¿qué es lo que te entristece? ¿Marcharte de aquí?

–Lo estaba llevando bien hasta que apareciste tú. Tal vez me esté dejando llevar un poco por la melancolía –Mia torció el gesto–. Pero lo tengo bastante controlado. Hablemos de ti.

Carlos levantó la pamela de la silla y se sentó, dejando el sombrero a su lado.

–Nina se casó con Talbot.

Mia dio un respingo.

–¿Por qué? –preguntó–. ¿Por qué has dejado que lo hiciera? ¿por qué no se ha enterado nadie?

–La razón tendrías que preguntársela a ella –contestó Carlos con sorna–. En cuanto a permitir que lo hiciera, ¿cómo iba a impedírselo? Y respecto a lo último, se han casado al otro lado del océano. De hecho, se han ido a vivir fuera del país.

Mia se lo quedó mirando fijamente.

–Pero aquella noche en Byron parecía destrozada.

–A Nina eso se le da bien.

–Pero parecía tan... no sé cómo explicarlo, pero me dio la sensación de que era una persona muy amable.

–La mayoría del tiempo lo es. Pero debajo de eso

hay una joven demasiado guapa para su propio bien y demasiado mimada –Carlos se encogió de hombros–. Nunca se sabe. Tal vez Talbot sea la persona adecuada para ella. Y tal vez ella saque también lo mejor de él. Los vi hace poco en el aeropuerto, y aunque resulte extraño, parecían... felices.

–¿Y eso te ha dolido? –preguntó Mia–. Me lo puedes contar.

Carlos agarró la pamela y empezó a darle vueltas.

–Sinceramente, me siento aliviado. Al principio no, pero es que Talbot siempre ha sacado lo peor de mí –se quedó pensativo un instante–. Lo que sí tengo claro es que lo mío con Nina no habría funcionado. Si no lo hubiera sabido en el fondo no habría estado tan en contra de casarme con ella.

No era lo mismo que decir que no la amaba, ni tampoco que no siguiera amándola, pensó Mia preguntándose qué sería peor, si saber que Nina era desgraciada con Talbot o feliz.

Se levantó y se acercó al borde de la baranda. Las hortensias que bordeaban la terraza y que tan bonitas habían lucido en la boda de Juanita estaban ahora secándose ante la llegada del final del verano.

Mia miró a lo lejos y se cubrió los ojos para protegerlos del sol. Visualizó cómo los jardines quedaban abandonados y salvajes, cómo se dividía la propiedad, y no pudo soportarlo.

–¿Querrías... querrías considerar la posibilidad de ser mi socio en un negocio, Carlos? –preguntó con voz temblorosa.

Mia le escuchó silbar entre dientes y se preparó para el rechazo, la burla, la ira o las tres cosas a la vez.

–¿Qué quieres decir? –le preguntó Carlos con aspereza.

Ella se dio la vuelta muy despacio, tragó saliva dos veces y trató de controlar sus pensamientos.

–El negocio que monté aquí tuvo bastante éxito, se puede decir, pero siempre tuve que batallar mucho. Necesité un crédito bancario para empezar y tenía que emplear la mayor parte de los beneficios para pagar el crédito. Pero, si tuviera un socio, sobre todo un socio que fuera el dueño de la propiedad, podría... podría hacer más cosas.

–¿Por ejemplo?

–Por ejemplo, renovar el mobiliario. Por ejemplo, ofrecer música en directo, como un cuarteto clásico para las bodas o un grupo más moderno para otro tipo de eventos. O celebrar fiestas infantiles.

Carlos frunció el ceño.

–Me refiero a fiestas especiales con castillos, tiovivos y ponis. Se pueden lograr muchas cosas con imaginación y... talento –concluyó un tanto avergonzada.

Lo único que se escuchó fue el silencio y el canto de los pájaros.

–También había pensado en montar una suite nupcial. Hay unas vistas maravillosas en el ala este. Se podría construir una cabaña de lujo para que los novios pasaran su noche de bodas, con chimeneas y comida de gourmet. Y... ¿tiene algún sentido que siga hablando?

–De acuerdo –dijo él finalmente–. Si eso es lo que quieres, así será. Ordenaré que preparen la documentación –se puso de pie y le tendió la pamela–. Puede usted deshacer las maletas, señorita Gardiner.

Mia se lo quedó mirando con el corazón en la garganta porque había algo radicalmente diferente en él. Era como si hubiera bajado una persiana y solo pudiera ver la frialdad de sus ojos.

—Carlos —le dijo involuntariamente. Pero se detuvo y se mordió el labio inferior.

—¿Decías algo? —preguntó él alzando una ceja.

—No... nada —murmuró ella.

—Nada —repitió Carlos. Levantó la mano y se llevó los nudillos a la barbilla—. Supongo que nada ha cambiado. Estaremos en contacto. O te llamará Carol —pasó por delante de ella, bajó los escalones y, unos minutos más tarde, se alejó en el coche.

—¿Qué he hecho? —se preguntó Mia en voz alta—. Oh, ¿qué he hecho?

Capítulo 9

SEIS meses más tarde, Mia y Gail estaban reunidas para hablar del próximo evento: un bautizo. Mia no había tenido que presionar demasiado a Gail para que dejara su trabajo, porque la joven no estaba muy contenta en Sídney. La había recibido con los brazos abiertos.

Lo primero que hizo Mia tras recomponerse después de su encuentro con Carlos el día anterior a la fecha en la que se suponía que debía marcharse, fue avisar a sus clientes de que Bellbird abriría pronto tras algunas reformas y mejoras.

Durante los siguientes dos meses, pasó todo el tiempo redecorando y consultando con arquitectos y diseñadores.

Cuando terminó con las reformas, le resultó muy gratificante ver que tenía el primer mes casi completamente reservado.

Luego inauguró la suite nupcial, y la primera pareja que pasó allí la noche de bodas quedó tan impresionada que quiso quedarse unos días más.

Las atracciones infantiles no estaban todavía terminadas, pero las obras seguían su curso. Y durante todo aquel tiempo, no había vuelto a ver a Carlos.

Había mantenido su palabra, le había facilitado la

realización de todas sus ideas, pero no había trabajado con él en ningún momento. Todo se había hecho a través de su secretaria, Carol, y con una cuadrilla de su empresa de construcción.

Y ahora le habían pedido que se encargara de organizar el bautizo del hijo de Juanita.

–No es uno, sino dos –le dijo a Gail cuando colgó el teléfono tras hablar con la hermanastra de Carlos–. ¡Tiene mellizos!

Gail se echó a reír.

–No pasa nada. Pero cuéntame qué quiere.

–Bueno, el bautismo va a celebrarse en la iglesia del pueblo. Luego quiere un almuerzo ligero dentro de casa o en el jardín, según el tiempo. Y luego, como habrá unos cuantos niños, quiere que los llevemos a la zona infantil.

–Ha llegado el momento de inaugurarla. ¿Cuánto tiempo tenemos para preparar esta celebración?

–Un mes. No tenemos que preocuparnos de la tarta para el bautizo. La va a preparar el abuelastro de los mellizos.

Gail sonrió con expresión traviesa.

–Ya te dije que era muy útil tener un chef en la familia.

–Es verdad, lo dijiste –Mia hizo girar el bolígrafo entre los dedos y guardó silencio.

–¿Y qué pasa con su tío? –preguntó Gail tras unos instantes.

Mia la miró alzando las cejas.

–Me refiero a Carlos –se explicó Gail con cierta sorna–. El tipo del que estabas enamorada, ¿te acuerdas?

–No estaba enamorada –afirmó Mia de forma automática.

Gail se limitó a quedarse mirándola.

–De acuerdo –Mia cerró los ojos con irritación–. No tengo nada que decir de Carlos. No le he visto ni he sabido nada de él desde hace meses. Podría haberse casado con una esquimal y yo no me habría enterado.

–Eso lo dudo –afirmó Gail poniéndose de pie–. Es demasiado alto para vivir en un iglú. Pero estaría bien que apuntalaras mejor tus defensas.

Mia se la quedó mirando sintiendo de pronto un gran dolor.

–¿Y cómo se hace eso? –preguntó con voz ronca.

–Diciéndote a ti misma que, independientemente de lo que él piense, tenías tus razones para hacer lo que hiciste.

–Pero... ¿y si no estás tan segura?

–Mia –Gail puso los puños en el escritorio y se apoyó en ellos–, tienes que guiarte por el corazón. Si el corazón te dice que algo no está bien, es que no lo está.

–¿Por qué eres tan sabia? –preguntó Mia con los ojos llenos de lágrimas.

Gail se encogió de hombros.

–Mi madre dice que es muy fácil acertar con los problemas de los demás. Y ahora, te dejo para que empieces a preparar ese bautizo.

La previsión meteorológica para el día del bautizo no era buena: lluvia y viento.

Mia gruñó entre dientes mientras leía los detalles

el día anterior, pero tomó la decisión, como siempre hacía, de no arriesgarse a que se le mojara la comida ni los invitados.

Ya había decorado parcialmente el comedor por si acaso y en ese momento decidió terminar de hacerlo.

En lugar de decantarse por tonos pastel, rosa y azul, había utilizado colores fuertes y lazos plateados.

Algunos lazos habían empezado a deshacerse, así que agarró una escalera y se subió para volver a atarlos.

Fue una labor bastante intensiva, tener que subirse y bajarse de la escalera y moverse por toda la habitación estirando el cuello.

Pero no debió de colocar la escalera como debía, porque cuando empezó a bajar perdió pie y se cayó soltando un grito.

Al principio no reconoció los brazos que la sostuvieron. Se le pasó por la cabeza que podría tratarse de Bill, que por una vez en su vida estaba en el lugar adecuado en el momento adecuado.

Pero entonces reconoció a Carlos.

–Mia –gruñó él–, podrías haberte roto la cabeza o una pierna. ¿No podrías tener un poco más de cuidado?

–Carlos –murmuró ella todavía en sus brazos–. Esto tiene gracia, ¿no crees?

–¿A qué te refieres?

–Hace meses que no te veía, y cuando vuelvo a encontrarte es en una situación de peligro –Mia se apartó de sus brazos–. Estoy bien, gracias. Pero ¿qué estás haciendo aquí? El bautizo es mañana.

Carlos la miró con el ceño fruncido.

–Ya lo sé. He venido a verte a ti –afirmó él–. Gail le dijo a Carol que la suite nupcial estaba vacante esta noche, así que he pensado en pasar la noche aquí. También me parece que ha llegado el momento de que me muestres los cambios y las mejoras.

–Por supuesto –aseguró Mia–. Me preguntaba cuándo querrías ver lo que has pagado.

Se quedaron mirándose el uno al otro. A Mia empezó a latirle el corazón con fuerza bajo la blusa rosa que se había puesto con los vaqueros. Pero estaba descalza. Miró a su alrededor para buscar los zapatos. Se llevó una mano a la garganta.

–¿Por qué querías verme? –le preguntó. Carlos era como un desconocido para ella–. ¿Ocurre algo?

–Podría decirse que sí.

–¿De qué se trata? –Mia le puso una mano temblorosa en la manga y le miró con ansiedad.

Carlos le cubrió brevemente la mano con la suya.

–Supongo que solo estoy cansado. Acabo de llegar de Europa esta mañana. Me gustaría ir a la suite.

Mia vaciló, le daba la sensación de que no estaba siendo completamente sincero con ella.

–De acuerdo. Iré a buscar las llaves a la casa principal y luego podemos ir en tu coche.

Afortunadamente, Gail había ido a Katoomba a hacer un recado, así que Mia cuando recogió las llaves no tuvo que dar ninguna explicación. Preparó una cestita con fruta y bollos del día para llevarla a la suite nupcial.

–Ya estamos aquí –dijo unos minutos más tarde.

Carlos miró a su alrededor, a la espaciosa y lujosa elegancia de la suite, la chimenea de piedra y los preciosos cuadros de las paredes.

Mia se acercó a la ventana, abrió las cortinas y sonrió. La magnífica vista de Mount Wilson al atardecer siempre provocaba aquel efecto en ella.

Se giró hacia Carlos.

—Aunque ahora no lo parezca, para mañana hay previsión de lluvias. Bueno, seguramente querrás descansar. Si quieres tomar algo, he traído bollos frescos, pero en la nevera hay más cosas —entró en la pequeña cocina y abrió el frigorífico—. Salmón ahumado, anchoas, aceitunas, vino, champán...

Carlos se acercó a ella y le tomó la mano.

—No tienes que venderme este lugar, Mia —le aseguró en tono pausado.

—Has pagado por él. Y todavía no te he enseñado el dormitorio.

Carlos se encogió de hombros.

—Siéntate. ¿Te apetece una copa de champán?

—Bueno, no creo que me haga daño —Mia sacó unas copas de un armarito y tomó asiento en uno de los taburetes.

Carlos no dijo nada, se limitó a sacar la botella y descorcharla. Luego llenó las dos copas de flauta.

—Salud —Carlos alzó su copa hacia ella y se sentó enfrente.

—Salud —Mia levantó la suya y le dio un sorbo rápido—. Voy a preparar algo de comer —murmuró levantándose del taburete.

—No, Mia.

Ella se quedó quieta.

–Dime una cosa –continuó Carlos–. ¿Eres feliz?

Mia se lo quedó mirando.

–Me... me va bien.

–No es lo mismo –Carlos la observó fijamente–. Aunque en tu caso tal vez sí –bajó la vista hacia la copa–. Hace seis meses volví aquí para pedirte otra vez que te casaras conmigo.

Mia abrió los ojos de par en par.

–Iba a hablarte de Nina... y lo hice, pero solo en parte –continuó él–. Iba a sugerirte que dejáramos el pasado atrás, no solo a Nina, sino también West Windward –la observó fijamente–. Pero entonces me di cuenta de que lo único que te importaba era que Bellbird se vendiera. Eso te hizo llorar y te llevó a sugerirme que fuéramos socios. Nada más. Eso es lo que me lleva a preguntarme si «que te vaya bien» en el trabajo es lo único que te importa.

Mia emitió un sonido gutural de protesta.

–¿O es que todavía no puedes perdonarme lo de West Windward, Mia? ¿Ni a mi madre? ¿Es esa la razón por la que en Byron eras de una manera, pero luego lo único que tenías que ofrecerme era una propuesta comercial?

Ella se humedeció los labios.

–Carlos, ¿creías que bastaba con contarme lo de Nina y Talbot para que cayera en tus brazos? ¿Es eso lo que intentas decir? No había sabido nada de ti en cuatro meses.

Carlos se frotó la mandíbula.

–No –dijo finalmente–. Pero no encontraba las palabras para decirte que había tratado de evitar que se fuera con Talbot. Intenté explicarle lo que había sucedido con mi padre, y como era de esperar, se quedó horrorizada. Me preguntó qué iba a hacer para arruinarte a ti la vida –se detuvo un instante. Parecía angustiado–. No sé si tenía alguna pista de lo que te había hecho o disparó a ciegas, pero tuvo un efecto muy poderoso en mí.

Mia se lo quedó mirando sin entender.

–¿Qué quieres decir?

–Me hizo pensar que tal vez lo mejor que podía hacer era evitarte. Me hizo dudar de mi claridad mental, incluso de mi cordura. Seguramente, Nina no se dio cuenta, pero me desestabilizó por completo con aquella pregunta.

–¿Y por eso permaneciste alejado de mí?

–Por eso y también porque era lo que tú querías –le recordó Carlos–. Pero el día antes de que te fueras a marchar supe que no podría vivir tranquilo sin saber cómo estabas. Eso me precipitó hacia el infierno –murmuró con ironía.

Mia parpadeó.

–Yo estaba triste al pensar que Bellbird se iba a vender –susurró–. Pero pensaba que las cosas entre Nina y tú no habían terminado. No sabía qué era peor para ti, verla feliz con Talbot o que fuera desgraciada.

–No –afirmó él–. Eso se acabó. Me alegro de ver que por fin está contenta.

Mia cerró los ojos, y de pronto sintió el impulso de abrir su alma y revelar sus secretos.

–Hay algo que no entiendes de mí, Carlos –empezó a decir abriendo los ojos–. Sí, tal vez me centre mucho en el trabajo. Sí, para mí significa mucho el éxito porque me aleja del recuerdo de llevar la marca de ser la hija de la doncella. Pero soy mucho más que eso.

–¿Y qué hay de Byron? –quiso saber él.

–Byron fue maravilloso –afirmó Mia con los ojos llenos de lágrimas–. Pero aquella noche recibiste la mayor sorpresa de tu vida. Y Nina también –apuró su copa–. No puedo olvidarlo.

Carlos hizo un movimiento involuntario hacia ella. Pero se detuvo y le sirvió más champán.

–Gracias –le dijo Mia con tono ronco–. Te dije una vez que no quería que me utilizaras para romperle el corazón a Nina. Bueno, nunca sabré si eso fue así, pero... –se detuvo y aspiró con fuerza el aire–, pero me importas demasiado y no quiero verte atado a alguien a quien no amas de verdad –concluyó con la voz quebrada.

–Mia...

Pero ella alzó una mano.

–La otra cuestión es que tengo un gran complejo de inferioridad –los ojos se le humedecieron todavía más–. Ni yo misma lo entiendo, pero por ejemplo, Juanita está muy segura de sí misma. Y Nina aquella noche también. Estaba muy entera hasta que le dijiste que nos íbamos a casar. Cuando yo estoy contigo no me siento segura. No puedo evitarlo.

Carlos la observó durante un largo instante, las largas pestañas, la boca carnosa, la esbelta figura... y supo que tenía que echar el freno porque había cometido muchos errores con aquella mujer y eso le estaba matando. Pero ¿cómo arreglar aquellos errores?

–Estos han sido los seis meses más duros de mi vida –reconoció.

Ella le miró con el ceño ligeramente fruncido.

–He cumplido uno de los sueños de mi padre, tener obras en las cuatro esquinas de la mayor intersección de la ciudad,

–Ah, felicidades –Mia le miró con incertidumbre, sin tener muy claro qué implicaba su tono ni dónde quería llegar.

–Gracias –Carlos se encogió de hombros–. Pero eso no ayudó.

–¿Qué quieres decir?

–No me ayudó a verle con más afecto. En cualquier caso, estaba más molesto con él que nunca. Y luego está mi madre.

Mia frunció todavía más el ceño.

–Sí –Carlos agitó la copa–. Siempre he procurado distanciarme –torció el gesto–. Lo que quiero decir es que comprendo sus motivos, su lealtad a la familia por encima de todo, y he asumido las consecuencias sin demasiada angustia. Excepto en tu caso, pero ya era demasiado tarde –observó la copa y la apartó de sí, como si también le molestara–. Pero últimamente, ella y su «famoso» chef me ponen de los nervios. Resulta que él es tan esnob como mi madre, por difícil que parezca.

Mia parpadeó.

–¿Y eso?

Carlos esbozó una sonrisa irónica.

–Lo que oyes. No puede permanecer callado cuando sale algún tema relacionado con comida o con bebida. Siempre tiene que opinar sobre el vino que va con esto o con aquello. Sobre el modo correcto de cocinar cualquier plato, de cuáles son los mejores restaurantes... y no solo de Australia, sino del mundo entero.

–Qué horror.

Él la miró con ojos tristes.

–Tú lo has dicho. Y luego está Juanita. Siempre ha tenido mucho carácter, aunque puede llegar a ser muy divertida. Pero también es bastante esnob –alzó los brazos como si se rindiera–. No entiendo cómo Damien la aguanta.

Mia apoyó las manos en la isla de encimera que había entre ellos.

–Carlos...

Pero él le pidió que guardara silencio.

–Un momento. Y luego está el mundo de la construcción en general. Tal vez haya tenido problemas con mi padre, pero soy un apasionado ingeniero y un apasionado constructor... o al menos lo era.

Ahora parecía tremendamente triste.

–¿Ya no? –adivinó ella.

–No me importaría lo más mínimo no volver a construir nada en mi vida.

–Carlos –Mia hizo una pausa–. No creo que estés hablando en serio.

–Completamente. Y todavía hay más. He vivido como un monje desde Byron porque no podía tenerte a ti, Mia.

Ella contuvo el aliento.

Carlos esperó un instante, luego deslizó las manos por la encimera y le rozó los dedos con los suyos.

Mia se quedó paralizada durante un instante, incapaz de respirar, y con los ojos abiertos de par en par.

–¿De verdad? –dijo finalmente.

Él asintió.

–¿Lo... lo has intentado?

Carlos volvió a asentir.

–Un par de veces. Con consecuencias desastrosas. ¿Y qué me dices de ti?

–Oh, ni siquiera se me ocurrió intentarlo –aseguró ella mordiéndose el labio inferior.

Carlos le apretó con más fuerza los dedos.

–¿Crees que eso significa algo?

–Carlos...

–Mia, no puedo vivir sin ti –confesó él–. Esto me está matando. Todos los errores que he cometido me están matando. En cuanto a tus complejos –cerró brevemente los ojos–, por favor, olvídate de ellos porque no significan nada para mí. Y, por favor, acéptame. Puedes redecorarme, renegociarme, pero si no me restauras estaré metido en un buen lío. Y esa es la pura verdad.

A Mia le temblaron los labios, y por mucho que trató de contenerse, no pudo evitar sonreír.

Carlos se puso de pie con cuidado y rodeó la isla. Se detuvo frente a ella y le subió con delicadeza la barbilla. En sus ojos había una pregunta.

–No sé muy bien por qué –susurró Mia–, pero creo que siempre te he amado, Carlos, y siempre te amaré.

–¿Y eso tiene algo de malo? –quiso saber él.

–No. Ya no. Ya no me quedan fuerzas para seguir luchando contra ello –reconoció Mia–. Te he echado demasiado de menos.

Carlos la estrechó entre sus brazos.

–Yo también a ti. Más de lo que nunca podrás imaginarte, Mia. ¿Quieres casarte conmigo?

–Sí. Sí, quiero –aseguró. Y se dio cuenta de que no podía dejar de sonreír.

Entonces Carlos empezó a besarla.

Poco tiempo después, estaban entrelazados. Se habían trasladado de la cocina a un sofá de la zona de estar desde donde se divisaban las nubes de color escarlata.

–Te dije que había previsión de lluvia –dijo Mia apoyando la cabeza en su hombro.

Carlos le acarició el pelo.

–Juanita se va a enfadar. Le va a enfadar no poder controlar el tiempo.

Mia se rio.

–No es tan mandona, ¿no?

Carlos se encogió de hombros y le acarició la línea de la mandíbula con un dedo.

–Ahora mismo está enfadada con Damien por el tema de los nombres de los mellizos.

–Háblame de ellos. Lo único que sé es que son un niño y una niña.

Carlos le deslizó los dedos hasta la base del cuello.

–Así es. Juanita quiere llamarles Charlotte y Henry. Tiene sueños aristocráticos. Pero Damien quiere ponerles Barbara y Banjo. Su abuela, a la que tiene mucho cariño, se llama Barbara. Lo de Banjo no sé de dónde ha salido. Cuando los vi ayer, todavía no habían tomado una decisión.

Mia no tuvo más remedio que reírse.

–Lo están retrasando un poco.

Carlos le deslizó los dedos hacia el botón superior de la blusa.

–Por cierto, yo soy el padrino. Vas a tener que ayudarme un poco.

Pero Mia tenía otras cosas en mente cuando él le desabrochó el botón, y luego el otro, y el otro, hasta que le deslizó las manos por la espalda y le desabrochó el sujetador.

Ella aspiró varias veces el aire, pero no protestó cuando le deslizó la blusa por los hombros y le quitó el sujetador.

Ni tampoco protestó cuando Carlos dijo:

–Lo que necesitamos es una cama.

–Este puede ser un buen lugar para remediarlo –Mia sonrió–. Todavía no ha visto nada, señor O'Connor –bromeó–. Espere a ver el dormitorio.

–De acuerdo, vamos allá –Carlos la tomó en brazos.

Lo siguiente que dijo fue algo completamente distinto.

–¡Madre mía! –miró a su alrededor en el dormitorio de la suite nupcial, una sinfonía en blanco y verde con una enorme cama llena de cojines, un exquisito cuadro de flores que ocupaba la mayor parte de una pared, cabecero de terciopelo y una preciosa lámpara de araña.

Mia se rio entre dientes.

–¿Crees que me he pasado?

–¡En absoluto! –Carlos la tumbó sobre la cama y apartaron todos los cojines de seda. Luego se quitaron toda la ropa y a Mia no le quedó ninguna duda del deseo que sentía por ella.

Y cuando regresaron a la tierra de golpe, Carlos la abrazó y la ayudó a descender de la cumbre de tal modo que le dijo con sincera gratitud:

–Haces que sienta que he vuelto a casa.

Carlos la estrechó contra su pecho.

–Yo siento lo mismo. ¿Cuándo te casarás conmigo?

–En cuanto podamos.

Carlos se frotó la mandíbula.

–Mañana tengo el bautizo este, y no creo que pueda librarme de él.

–Oh, no deberías. Además, no podríamos casarnos mañana, ¿verdad?

Carlos se apoyó en un codo.

–No. No sé cuánto tiempo necesitaremos –la tapó con la colcha de seda–. ¿Vendrás conmigo al bautizo?

–Voy a estar trabajando en el evento –le recordó Mia.

–No –contestó él con firmeza–. Que se ocupen Gail y su madre, o Bill y Lucy. Ya lo has hecho antes. Necesito que estés conmigo, en caso contrario mi familia me obligará a ser maleducado con ellos.

Mia se rio.

–Tu madre se quedará lívida. Tal vez este bautizo no sea el mejor momento para darle la noticia.

–Mi madre ya no es tan entrometida como antes, Mia. Pero, en cualquier caso, no tiene sentido ocultarlo.

Ella se lo pensó durante un instante.

–No –dijo entonces–. Además, creo que tenemos que darle la noticia a Gail. Se estará preguntando dónde estoy.

Carlos se estiró. No parecía que tuviera muchas ganas de moverse.

–Tal vez me esté buscando –afirmó ella muy seria–. Y no hemos cerrado la puerta.

Carlos maldijo entre dientes, se giró y la abrazó con fuerza.

–De acuerdo, he entendido el mensaje. ¿Y podemos ducharnos juntos?

Mia compuso una expresión traviesa.

–Claro que podemos. Ven a echar un vistazo. El cuarto de baño es lo mejor de todo.

–¡Estás aquí, Mia! –dijo Gail cuando Mia entró en su despacho y se la encontró con el teléfono en la mano–. Te estaba buscando. Oh, no –añadió al ver entrar a Carlos detrás de ella–. Tú otra vez, no.

Carlos se quedó sorprendido un instante y luego sonrió.

–Lo siento, Gail. No sabía que estuviera en tu lista negra. ¿Por qué?

Mia se aclaró la garganta y empezó a hablar, pero Gail se le adelantó.

–Porque vienes y vas, y cada vez que te marchas soy yo la que tengo que recoger las piezas.

–¡Gail! –protestó Mia.

Gail se acercó a ella.

–Es la verdad. Te quedas destrozada cada vez que ocurre, y...

–Gail –ahora fue Carlos el que intervino tomando la mano de Mia–. Eso ya no sucederá más. Mia ha accedido a casarse conmigo, estamos muy enamorados y hemos resuelto todos nuestros problemas. Pero me gustaría agradecerte lo buena amiga que has sido con Mia.

Gail se quedó paralizada un instante y luego rodeó el escritorio para abrazar a Mia y luego a Carlos.

–¡Qué alegría! –exclamó emocionada–. ¿Cuándo va a ser la boda? Se celebrará aquí, ¿verdad? Yo puedo encargarme de todo.

Mia empezó a sollozar y dijo:

–Todavía no hemos hecho ningún plan, pero, Gail, tendrás que encargarte mañana del bautizo porque yo voy a asistir como invitada.

–Será un placer –afirmó la joven–. Puedo hacerlo con los ojos cerrados.

Mia y Carlos todavía se reían cuando salieron al jardín mientras se ponía el sol, pero Carlos se detuvo de pronto y la rodeó con los brazos.

–Me siento fatal –dijo mirándola.

–¿Por qué?

–Por haberte dejado aquí tan triste. No entiendo cómo me has perdonado.

Mia le rodeó el cuello con los brazos.

–Lo que Gail no sabe es que fui yo la que te dije que te fueras –se puso de puntillas y le besó.

–¿A pesar de que eso te dejara triste?

Ella asintió y apoyó la cabeza en su hombro.

–¿Y qué me dices de ti?

–Estaba furioso, desconcertado. Me ponía enfermo cada vez que bajaba por esta maldita montaña. No podía soportar que este lugar significara para ti más que yo.

–Bueno –Mia se estiró–. Al parecer, los dos hemos estado en el infierno y hemos vuelto, así que vayamos al cielo.

Carlos levantó la cabeza y la miró con una expresión divertida en sus ojos grises.

–Espero que no lo digas literalmente.

–Eso depende. Volvamos a la suite nupcial...

–¿No te preocupa empezar la casa por el tejado? –le preguntó él muy serio.

–Lo más mínimo. Estaba pensando en hacerte la cena: un buen chuletón, patatas crujientes por fuera y blandas por dentro, ensalada, y por supuesto, champiñones. Pero tengo que recoger los ingredientes de la casa.

–Esa es una proposición que no puedo rechazar –bromeó Carlos.

–Bien – Mia sonrió–. Y luego podremos preocuparnos de lo de empezar la casa por el tejado.

Carlos también sonrió.

–Eres todo un caso, señorita Gardiner.

–Ese es mi objetivo –respondió ella con coquetería.

Capítulo 10

EL DÍA del bautizo de los mellizos de Juanita fue un día para recordar. Hacía frío y llovía, como estaba previsto.

Mia fue a la cabaña y recogió su ropa.

Cuando iba a subirse otra vez al coche, Bill la interceptó. Iba conduciendo la camioneta cargada de sacos de abono. Se colocó a su lado y se inclinó bajando la ventanilla.

–Hola, Mia, me he enterado de la noticia. Por cierto, serás mucho más feliz cuando estés casada, ya lo verás.

Mia aspiró con fuerza el aire e hizo un esfuerzo por no perder la paciencia.

–Gracias, Bill. Lo intentaré.

–Y felicita a Carlos de mi parte. Supongo que sabe dónde se mete, aunque no muchos de nosotros nos damos cuenta –se rio y se marchó de allí.

Mia pensó en darle una patada a algo, pero se contuvo.

Todavía debía de tener una expresión de furia cuando volvió a la suite nupcial, porque Carlos le dijo al instante:

–¿Qué te pasa?

–Nada –Mia dejó la ropa–. ¿Por qué lo dices?

–Parece como si quisieras darle una patada a alguien –aseguró Carlos.

Ella torció el gesto, pero luego se rio a su pesar y le contó lo de Bill.

–Por supuesto que no estoy de acuerdo con él, cualquiera se atreve –respondió él con falsa seriedad.

Mia chasqueó la lengua.

–Todos los hombres sois iguales –Mia dejó la bolsa de las pinturas al lado de la ropa–. Estoy muy nerviosa, Carlos. No sé si podré hacer esto.

–Mia –él le rodeó la cintura con los brazos–. Claro que puedes. Además, todos te conocen.

Ella le puso las manos en el pecho y abrió los ojos de par en par.

–¿Y tu madre? ¿Se ha enfadado?

–No. Me dijo que ya era hora de que sentara la cabeza. Juanita me dijo lo mismo. Las dos parecían preocupadas, por no decir tensas –Carlos frunció levemente el ceño–. Y eso fue antes de que les soltara la noticia.

Mia se relajó un poco.

–Espero que sea así. Lo que quiero decir es que no quiero ser el titular de la noche.

Carlos inclinó la cabeza y la besó.

–Anoche fuiste mi titular. Tienes un modo único de empezar la casa por el tejado.

Un estremecimiento recorrió el cuerpo de Mia al recordar la noche anterior.

–Fue maravilloso, ¿verdad? –murmuró con dulzura.

Carlos la abrazó, y luego, haciendo un esfuerzo, la apartó de sí.

–Deberíamos vestirnos –sugirió–. Ya sabes que tenemos tendencia a dejarnos llevar.

Mia se rio, se puso de puntillas y le besó.

–Lo sé. Me voy.

Mia se puso un vestido ajustado amarillo y una chaqueta gris azulada atada a la cintura. Había decidido no llevar ningún tipo de tocado al bautizo, y no vio la necesidad de cambiar de opinión ahora que era una invitada. Se dejó el pelo rizado y suelto, como le gustaba a Carlos.

Contuvo el aliento al verle a él con un traje gris, camisa verde pálido y corbata verde oscuro.

–Estás guapísimo –aseguró.

–Y tú estás preciosa –Carlos la tomó de la mano–. ¿Lista?

Ella vaciló un instante y luego asintió.

–Lista –murmuró.

Había dejado de llover cuando se celebró el bautizo. Incluso se colaban algunos rayos de sol a través de las vidrieras de la iglesia.

Arancha llevaba un exquisito traje de chaqueta de color marfil y una pamela rosa. Había saludado a Mia con un frío beso en la mejilla, pero le había dicho:

–Seamos amigas, Mia. Seamos amigas.

Y Mia, que había buscado en su corazón y sabía que nunca podría perdonar a Arancha del todo, le había respondido con amabilidad, por el bien de Carlos:

–De acuerdo, seamos amigas.

Luego Arancha le presentó a su chef famoso, quien le aseguró que podría darle algunos buenos consejos sobre cocina y sobre cómo llevar la parte del catering de su negocio. Mia sintió que Carlos se ponía tenso a su lado, así que compuso una radiante sonrisa y le respondió que le encantaría escucharlos.

Juanita llevaba un vestido de lino violeta, y Damien un traje oscuro. Los dos parecían enfadados, y cada uno de ellos llevaba a un bebé vestido con un suntuoso faldón de encaje.

Cuando llegó el momento de cristianar a los niños se resolvió el misterio. La niña fue bautizada como Alegría Arancha, y el niño como Benito Francis.

—Son unos nombres muy bonitos y muy españoles —afirmó Arancha—. ¿Y por qué no incluir el nombre de la abuela?

Mia oyó que Carlos contenía el aliento, pero hasta que no terminó el bautizo y estuvieron en el coche camino de Bellbird no pudieron reírse a gusto.

—Creía que habías dicho que tu madre ya no se metía tanto en vuestras cosas —aseguró Mia carcajeándose.

—Eso pensaba yo, pero me equivoqué. Mira, la pelea entre Juanita y Damien por el tema de los nombres estaba empezando a adquirir proporciones épicas, así que tal vez haya sido mejor así.

Mia dejó de carcajearse, pero todavía se reía un poco entre dientes.

—Has sido muy amable con mi madre y con su chef —dijo Carlos cuando entraron en Bellbird.

—Voy a intentar serlo siempre —Mia le puso una mano en el brazo—. No sé por qué, pero de pronto me siento distinta.

–¿Distinta? –Carlos la miró de reojo con cierta curiosidad–. ¿Qué quieres decir?

Mia aspiró con fuerza el aire.

–Ya no me siento la hija de la doncella. Me pregunto por qué.

–¿Será porque estás a punto de convertirte en la esposa del jefe? –sugirió él.

Pero Mia sacudió la cabeza.

–No, creo que es porque de pronto todos me habéis parecido muy normales. Sois como las demás personas, con vuestras discusiones y vuestras lealtades. Sé que resulta ridículo decir esto, pero antes no os veía así. Y eso hace que yo me sienta diferente.

Carlos detuvo el coche y se giró hacia ella.

–Tengo la impresión de que les tengo un poco descuidados. Tendría que hacer algo para que Damien perdone a mi madre por insistir en llamar Benito a su hijo. Y también tengo la sensación de que Juanita y Damien están enfadados entre sí, ¿no te parece?

–Sí, ni siquiera se han mirado.

–¿Te acuerdas de cuando organizaste su boda, cuando temiste que fuera a ser un fracaso si no te sacabas algo de la manga?

Mia abrió los ojos de par en par.

–Sí.

–Si no recuerdo mal, me urgiste a hacer un discurso que levantara los ánimos. Dijiste que en caso contrario gritarías con todas tus fuerzas.

Mia apretó los labios.

–Así fue –afirmó con gravedad.

–¿Puedes prometerme ahora que si convierto este

bautizo en un evento feliz y alegre no volverás a sentirte como la hija de la doncella nunca más?

–Te lo prometo –aseguró Mia con voz ronca–. Por favor, hazlo. Te amo –le dijo sonriéndole con los ojos llenos de lágrimas–. Te amo, Carlos O'Connor.

No tardó en descubrir lo que ella le había estado ocultando, el secreto que guardaba con celo

Hacía mucho tiempo desde que la perfumista Holly Craig, inocentemente, sucumbiera al encanto y las falsas promesas de Drago di Navarra.

Por fin, como modelo de una nueva campaña publicitaria para el lanzamiento de un perfume, Holly estaba dispuesta a mostrarse digna contrincante del embriagador empresario.

En apariencia, Drago era símbolo de profesionalidad y poder. Sin embargo, le perseguía el recuerdo de una chica supuestamente inocente que resultó ser como todas las demás.

Aroma de traición

Lynn Raye Harris

Acepte 2 de nuestras mejores novelas de amor GRATIS

¡Y reciba un regalo sorpresa!

Oferta especial de tiempo limitado

Rellene el cupón y envíelo a
Harlequin Reader Service®
3010 Walden Ave.
P.O. Box 1867
Buffalo, N.Y. 14240-1867

¡Si! Por favor, envíenme 2 novelas de amor de Harlequin (1 Bianca® y 1 Deseo®) gratis, más el regalo sorpresa. Luego remítanme 4 novelas nuevas todos los meses, las cuales recibiré mucho antes de que aparezcan en librerías, y factúrenme al bajo precio de $3,24 cada una, más $0,25 por envío e impuesto de ventas, si corresponde*. Este es el precio total, y es un ahorro de casi el 20% sobre el precio de portada. !Una oferta excelente! Entiendo que el hecho de aceptar estos libros y el regalo no me obliga en forma alguna a la compra de libros adicionales. Y también que puedo devolver cualquier envío y cancelar en cualquier momento. Aún si decido no comprar ningún otro libro de Harlequin, los 2 libros gratis y el regalo sorpresa son míos para siempre.

416 LBN DU7N

Nombre y apellido	(Por favor, letra de molde)	
Dirección	Apartamento No.	
Ciudad	Estado	Zona postal

Esta oferta se limita a un pedido por hogar y no está disponible para los subscriptores actuales de Deseo® y Bianca®.
*Los términos y precios quedan sujetos a cambios sin aviso previo.
Impuestos de ventas aplican en N.Y.

SPN-03   ©2003 Harlequin Enterprises Limited

UN PLAN IMPERFECTO

BRENDA JACKSON

Stern Westmoreland nunca había cometido un error… hasta que decidió ayudar a su mejor amiga, Jovonnie Jones, a hacerse un cambio de imagen… para otro hombre.

A partir de ese momento, Stern decidió que la quería para sí mismo. La atracción entre ellos era innegable y solo había una forma de ponerla a prueba: pasar una larga y ardiente noche juntos como algo más que amigos.

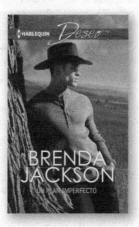

Una prueba difícil de superar

¡YA EN TU PUNTO DE VENTA!

Bianca

**Era un hombre acostumbrado a salirse con la suya,
¡y ella estaba a su merced!**

Después de haber sido cruelmente abandonada por su prometido, Vivienne Swan dejó su trabajo como diseñadora de interiores y se encerró en su casa para sufrir en silencio. Sin embargo, la intrigante oferta de Jack Stone, un rico constructor que hasta ese momento no había conseguido seducirla, le resultó demasiado tentadora y la hizo salir de su encierro.

Al trabajar codo con codo con Jack en su último proyecto, Vivienne se sacó de la cabeza a su ex, ¡reemplazándolo con eróticas fantasías sobre su nuevo jefe! Una aventura con Jack podía ser muy placentera, aunque implicaba jugar con fuego.

El Capricho de Francesco

Miranda Lee

[7]